浪人奉行

九ノ巻

稲葉稔

JN054575

双葉文庫

目次

浪人奉行　九ノ巻

江戸湊地図
吉原、三之輪
江戸城
麹町
魚河岸
日本橋
日本橋川
隅田川
浜御殿
増上寺
卍
湊町
新堀川
芝浜
品川
江戸湾

ときは天明《てんめい》――。

諸国は飢饉《ききん》により荒れていた。原因となったのは、天候不順による暖冬と旱魃《かんばつ》、洪水、さらに岩木山《いわきやま》と浅間山《あさまやま》の噴火が挙げられる。

とくに東北地方は悲惨を極め、ひどい食糧危機に陥《おちい》り、ときには人肉を食らい、あるいは草木に人肉を混ぜ犬の肉と称して売ったりするほどだった。

口減らしのための間引《まび》きや姥捨《うばす》てはあとを絶たず、行き倒れたり餓死《がし》する者も珍しくなかった。飢餓《きが》に加え疫病《えきびょう》まで蔓延《まんえん》し、わずか六年の間に九十二万人あまりの人口が減ったといわれる。

米をはじめとした物価は高騰《こうとう》の一途《いっと》を辿《たど》り、江戸で千軒の米屋と八千軒の商家が襲われ、騒乱《そうらん》状態は三日間もつづくありさまだった。

これを機に、将軍家斉《いえなり》を補佐する老中筆頭《ろうじゅうひっとう》の松平定信《まつだいらさだのぶ》は改革に乗りだすも、その効果ははかばかしくなく、江戸には食い詰めた百姓や窮民《きゅうみん》が続々と流入し、治安悪化を招いた。

在方《ざいかた》から町方に流れてくるのは、そんな輩《やから》だけではない。浮浪者、孤児《みなしご》、無宿《むしゅく》の無頼漢《ぶらいかん》、娼婦《しょうふ》、やくざ、掏摸《すり》、かっぱらい、追いはぎ、強盗……等《など》など。

幕府は取締りを強化し、流民《りゅうみん》対策を厳しく行ったが、町奉行所の目の届かぬ郊外では、宿場荒らしや、食い詰めた質《たち》の悪い百姓や無宿人、あるいは流れ博徒《ばくと》が跳梁跋扈《ちょうりょうばっこ》し、無法地帯と化していた。

第一章　九鬼《くき》兄弟

一

蟬《せみ》の声がこだましていた。

容赦《ようしゃ》なく照りつける日射しを遮《さえぎ》る柿《かき》の枝葉越しに、わずかに流れる風が涼を運んでいた。

川風だ。

そばを流れる新堀川《しんぼりがわ》から吹き流れてくるのだった。

そこは河口に近い、湊町《みなとちょう》の外れにある小宅だった。

縁側にいる九鬼孫兵衛《まごべえ》は脛《すね》を剝《む》き出しにし、盥《たらい》につけた剃刀《かみそり》を手に取った。ひげを剃《そ》るために、わずかに顎《あご》をあげる。と、鏡に映る自分の顔を見てギョッとした。

（これは……）

孫兵衛は剃刀を膝許《ひざもと》に置いて、頬《ほお》を右手でなぞった。いつの間にか苦労人の顔になっている。そのまま炯々《けいけい》とした眼光を鏡に向け、

（なんたる凶悪な面《つら》に……）

と、おのれの顔相《がんそう》をじっと眺めて、唇を嚙《か》んだ。

おれはもっと穏やかな顔をしていたはずだ、と胸の内でつぶやき、

――顔というのは、その人の生き様で変わる。

と、誰かにいわれた言葉を思い出した。

誰にいわれたのかよく思い出せぬが、おれは変わったと、改めて思った。

（なぜだ？）

と、おのれに問うまでもなく、その故由《ゆえよし》はわかっていた。

（あのことがなければ……）

庭にある柿の幹に新たに飛んできた油蟬がけたたましく鳴いた。孫兵衛は蟬を凝視《ぎょうし》して、その日のことを回想した。それはほぼ一年前のことだった。

九鬼孫兵衛が弟の孫三郎《まござぶろう》と共に高崎藩《たかさきはん》の飛地《とびち》出張陣屋《でばりじんや》である下総国《しもうさのくに》海上郡《うなかみごおり》銚子《ちょうし》陣屋へ赴任《ふにん》したのは、一昨年の八月だった。役儀は二人置かれている代官の下で実務を取り仕切ることであったが、実質は陣屋の警固取締が主な仕事だった。九鬼兄弟が、天真伝一刀流《てんしんでんいっとうりゅう》の免許持ちというのが新任として派遣される決め手となったようだ。

それというのも、諸国は飢饉《ききん》に喘《あえ》いでおり、海上郡内にある高崎藩領十七ヶ村にも治安の乱れがあったのだ。

しかし、代官庄川杢左衛門《しょうかわもくざえもん》の機転により、領内で困窮している者たちを救うため、陣屋にある蔵米八百俵を領民に施《ほどこ》したばかりでなく、それ以降も大きな災害が発生するたびに蔵米と金を放出した。

陣屋は領民の信頼を勝ち得たが、代官の上役である郡奉行《こおりぶぎょう》は、庄川が独断で行ったことを許さなかった。さらに、もうひとりの代官増井権之丞《ますいごんのじょう》も奉行の味方をして庄川を責めた。

陣屋敷には人知れず小さな諍《いさか》いが生まれたのだが、ときを同じくして九鬼孫兵衛も代官の増井に詰め寄った。

「増井様、我ら兄弟の赴任の期は半年だったはずです。それから一年たち、今年で二年になります。今年こそは国許にお返しいただけませぬか」

「さようにいたしたいところではあるが、あと一年は留まってもらわねばならぬ。国許からのお指図があったのだ。まあ、堪《こら》えてくれ」

増井は事もなげに訴えを退け、事務仕事に戻った。

「半年のお約束でした。それを半年、そしてまた半年、さらに半年待ったのでございまする。国には妻も子もあります。弟の孫三郎には初めての子が生まれたばかりです。手前どもの代わりはいくらでもいるはずです。増井様、どうかお聞き入れ願えませんでしょうか」

「なんだ、まだもの申すか。国許からのお指図だと申したであろう。それに妻や子はわたしにも他の勤番《きんばん》にもある。おぬしだけの我《わ》が儘《まま》を聞き入れるわけにはいかぬ。下がれッ」

増井は顔をしかめ、うるさい犬を追い払うように掌《てのひら》を振った。

「聞き入れていただけませぬか。約束を違《たが》えたことになるのですよ」

「なんの約束だ」

「増井様は『半年のみの勤番だ。半年たてば他の者と交代させる』と、そうおっしゃいました。それなのに、半年たったら、もう半年辛抱《しんぼう》しろと命じられ、さらに半年です。手前ども兄弟はお言葉に従ってきたのです。あと一年とは非道ではありませぬか」

「なに、非道だと!」

増井は文机《ふづくえ》に向けていた体を、さっと孫兵衛に向けた。

「そもそも、おぬしら兄弟は役目を怠《おこた》ったではないか。庄川殿が蔵米を開けられたとき、指をくわえて眺めていたというではないか。庄川殿は藩の了解も、お奉行のお許しも得ておられなかったのだ。国許とて困窮《こんきゅう》しておる。ゆえに、醤油《しょうゆ》問屋《どんや》への御用金を願っているのだ。その工面《くめん》を、その算段をしなければならぬのだ。たかが勤番が一年延びたところでうるさく申すでないッ」

「御用金願いと手前どもの勤番年季は別の話です」

増井はむんと口を引き結び、額《ひたい》に青筋を立ててにらんできた。もちろん、孫兵衛も高崎藩大河内松平家《おおこうちまつだいらけ》の内証《ないしょう》が苦しいことは知っていた。そのために、藩重臣らは苦肉の策で、銚子の大商家である醤油問屋に御用金を課す算段をしていた。

「国がどうなってもよいと申すか」

「さようなことを申しているのではありません。増井様がお約束を守っていただけないから、お願い奉《たてまつ》っているだけでございます」

「ならば無理だ」

孫兵衛は一蹴《いっしゅう》された。

唇を嚙んで引き下がるしかなかった。陣屋内の長屋に戻って、増井とのやり取りを弟の孫三郎に打ち明けた。

「さように、さようなことを……」

話を聞いた孫三郎は眦《まなじり》を吊りあげ、宙の一点を凝視するや、脇にある刀をつかんで立ちあがった。

「孫三郎、はやまってはならぬ」

孫兵衛は血相を変えている弟を引き止めようとしたが、

「嘘つきは許せぬ」

と、孫三郎は兄の手を振り払って表に飛び出した。これはまずいと思った孫兵衛は、すぐさま弟のあとを追いかけた。

すでに夕暮れており、表には雪がちらついていた。孫三郎は陣屋屋敷内の役所に向かったが、途中で進路を変え、役宅へと駆けていった。役所のまわりには奉行や代官ら上司の役宅がある。

孫三郎はその役宅に帰る増井権之丞を見つけたのだ。孫兵衛は追いながら、落ち着け、はやまるな、待てなどと声をかけたが、間に合わなかった。

孫三郎は増井に迫るや、「嘘つきは許すまじ！」と、罵《ののし》るなり斬りつけたのだった。増井はそのまま片膝をついて倒れた。

「あ……」

と、声を漏らして孫兵衛が立ち止まったとき、今度は別の人影を見た。増井のそばについていた同心が、抜刀して孫三郎に斬りかかろうとしたのだ。

「やめろ、やめるのだ！」

孫兵衛は止めに入ったが、そこへ同心の新たな一撃が襲いかかってきた。孫兵衛は天真伝一刀流の手練《てだ》れである。同心の一撃を抜き様の一刀で払いのけると、そのまま肩口から胸にかけて斬り下げていた。

ジジッと、柿の幹に張りついていた油蟬が飛び去ったのを見て、孫兵衛は我に返った。

いまさらほぞを嚙んでも詮無《せんな》いことではあるが、罪のない妻や子、老いた親には申しわけが立たない。

陣屋内で刃傷沙汰《にんじょうざた》を起こしたことは藩法に触れるし、その罪は重い。身内が連座で咎《とが》を受けていることは間違いないであろう。

孫兵衛は目をつむると、大きな吐息《といき》を漏らしてかぶりを振った。そのとき、新堀川の河岸道《かしみち》からやってくる男たちの話し声が近づいてきて、

「兄上、兄上」

と、呼ぶ孫三郎の声があった。

二

「それじゃ、行ってくらァ」

平助《へいすけ》は女房のおひさに声をかけて、天秤棒《てんびんぼう》を担《かつ》いだ。それには空の盤台《ばんだい》が下げられている。

「今日もしっかりね」

おひさが膨《ふく》らみはじめた腹をさすりながら笑顔を浮かべた。

平助はああと、短く応じて長屋の路地を辿《たど》り木戸口に向かった。まだ夜明け前だが、日の出の早いこの時季はもう空が白みはじめていた。

平助は表に出ると、さて、今日はどっちへ行こうかと短く迷う。仕入れ先が、

日本橋《にほんばし》の魚河岸《うおがし》と芝浜《しばはま》の河岸にあるからだった。

芝浜には実家があり、父定助《さだすけ》はいまも漁師をやっている。その父親から仕入れるときもあれば、他の知り合いから仕入れることもある。

(今日は日本橋にしよう)

通町《とおりちょう》(東海道)に出ると、そのまま日本橋方面に足を進めた。

「平助、平助」

そんな声がかけられたのは、いくらも歩かないときだった。

振り返ると、あたふたした様子で、波助《なみすけ》という父の漁師仲間が駆け寄ってきた。よほど急いできたらしく汗びっしょりだ。

「どうしたんです。こんな朝っぱらから」

「どうもこうもねえんだ。おめえの、おめえのおとっつぁんが……」

波助は一度つばを吞み込み、一拍間を置いた。

「おとっつぁんがどうしたんです?」

「驚くんじゃねえ。じつは死んじまったんだ」

「えッ!」

驚くなといわれても、驚かずにはいられない。

「どうして、どうして死んだんです？」

「それが溺《おぼ》れちまったようなんだ」

「まさか……」

父親の定助は海で漁をする男だ。溺れるなんてことは信じられない。

「それがまさかじゃねえんだ。とにかく来てくれるか」

「どこで溺れたんです？」

「漁場だ。定助どんが戻ってこねえんで、おかしいと思って漁場に行ってみると、舟しか浮かんでねえ。それであたりを見ると、ずいぶん離れたとこに定助どんが浮いていたんだ」

波助は来た道を戻り、汗を拭きながら話した。

「とにかくおめえに知らせなきゃと思ってな」

にわかには信じがたいことだった。あれこれ聞きたいことはあったが、そのまま波助と往還を急いだ。

芝浜の河岸場に行くと、浜の者たちが一ヶ所に集まっていた。波助があそこだというので、人垣をかき分けて前に出ると、戸板に乗せられた父親の無惨な骸《むくろ》があった。母親のおやすが、骸にすがりついて泣いていた。

「おとっつぁん……」

平助がよろけるようにして前に出たとき、東の空に昇りはじめた日の光があたりをあかるくし、人垣を抜けた朝日が鑞《ろう》のように青白くなっている父定助の顔にあたった。

「おとっつぁん！」

三

「そろそろやろうではないか。暇《ひま》を潰《つぶ》すのにも飽きてきた」

孫三郎はそういって、兄孫兵衛をまっすぐ見た。

孫兵衛は、即答を控え黙っていた。

「なにを考えているんだ。迷うことはないだろう。おれたちにはこれしか生きる術《すべ》がないんだ」

孫三郎は膝をすって詰めてきた。二人の間を蚊遣《かや》りの煙が流れていった。

暗くなった表で、夜蟬《よぜみ》がジジッ、ジジッと鳴いた。

軒先に吊るした風鈴《ふうりん》が、チリン……。

「孫三郎……」

孫兵衛はじっと弟の顔を眺めた。

兄弟ではあるが、顔はさほど似ていなかった。孫兵衛は四角くごつい顔をしているが、孫三郎は細面《ほそおもて》だ。目も細く、情の薄そうな唇をしている。

孫兵衛は弟の顔を見つめながら、銚子陣屋で刃傷沙汰を起こし、大罪を免れるために逃げたときのことを思い出した。

あのとき孫兵衛は、妻子を助けるために自首をして縛《ばく》につくべきではないかと、後悔しながら話した。そうすれば、国許に残している妻や子らに温情がかけられるかもしれないと思った。

しかし、弟の孫三郎は即座に否定した。

「おれたちに非はなかった。非があるとすれば代官の増井権之丞だ。そうではないか。兄上も嘘つき代官、上に媚《こ》びへつらうだけの偽善者だといったではないか」

「たしかにそうだ。だが、斬りつけることはなかった」

「訴えを聞かない嘘つきだったのだ！　許せることではなかった」

「だからといって……もういい、終わったことだ。されど、国許に残している妻や子のことを……」

「やめろ！　いまさらどうなるものでもあるまい。自首したとしても、身内は安泰ではいられぬ。罪人の妻、罪人の子、裏切り者と罵られて生きねばならんのだ。針の筵《むしろ》で暮らすような苦しみを強《し》いられるのなら、いっそ殺されたほうがましだ。おれはその魂《たましい》に報《むく》いるためなら、どんなことをしてでも生き延びる」

「なんだ、なにを考えているんだ。いまさら迷うことはないだろう」

弟の声で、孫兵衛は我に返った。

「おれたちにできるのは、いまはこれしかない。他になにができる？　金を作らねばならぬのだ。生きるためにも、もっといい暮らしをするためにも……」

孫三郎がにらむように見てくる。

「……支度《したく》はできているのだな」

「いつものとおりさ。やるんだな」

孫兵衛は小さくうなずいた。

「まったく兄上は……」

孫三郎はため息をつきながら、肩から力を抜いて首を振った。

翌早朝、九鬼兄弟は新堀川につけられた舟に乗り込んだ。

舟は六挺櫓《ろくちょうろ》の早舟《はやぶね》である。漁師舟よりはるかに速く、海をわたることができる。

当初、孫兵衛も孫三郎も櫓を漕《こ》ぐことができなかった。よって、船頭を雇ったが、いまはその数を減らしている。

二本の櫓に九鬼兄弟がつき、他の四本に雇った船頭たちがつく。どの船頭もひと癖も二癖もあり、脛に傷を持つ者ばかりだ。

同じ〝仕事〟をやるときには互いに助け合い、信頼しているが、いったん稼ぎが終わると、一切の関わりを絶つ。いわばその場限りの仲間である。

夜明け前の薄暗い川を、早舟はゆっくり下った。

黒々とした川面《かわも》は、油がうねるように静かに波打っている。両岸には同じような舟や漁師舟があり、早くも漁に出て行く舟の姿が遠くに黒い影となっている。

河口を抜けると、もうそこは江戸湾《えどわん》である。九鬼兄弟は漕ぎ手としては未熟なので、力のいらない前櫓《まえろ》についている。脇櫓《わきろ》と艫櫓《ともろ》は熟練の船頭たちだ。

みんな揃ったようにはだけた着物を腰帯で留め、下は褌《ふんどし》一丁である。手拭《てぬぐ》いで頬被《ほっかむ》りしている者もいれば、捻《ねじ》り鉢《はち》巻《ま》きにしている者もいる。

九鬼兄弟もそれは同じだった。ただ、手の届くところに刀を置いている。他の船頭もそれぞれに匕首《あいくち》や包丁《ほうちょう》を腰に差していた。

「鰹《かつお》の時季《じき》が早く来ればいいが、来年まで待ちぼうけか」

孫三郎が櫓を漕ぎながらいう。

鰹は高価である。時季になると、三浦《みうら》や房州《ぼうしゅう》から鰹漁を終えた押送船《おしおくりぶね》が、大挙して日本橋の魚市場を目ざす。

孫兵衛たちはそんな押送船に目をつけていた。目的は横取りである。当然、相手の漁師たちは抵抗するが、容赦なく斬りつけたり、海に落とした。一艘の押送船で、少なくて二十両、よいときは六十両の稼ぎになった。

日本橋の魚市場は日に千両落ちるといわれるほどだが、鰹の時季はその額が増える。その分、孫兵衛たちの実入りもよかった。

ただ、漁舟を襲撃して横取りするのはよいが、あとの始末には苦労する。舟をそのままにしておくわけにはいかないし、漁師たちを生かしておくわけにもいかない。

孫兵衛は仲間とともにその始末に苦心した。もっとも漁をせず、活《い》きのいい魚を自分のものにするのだから、多少の苦労は致し方なかった。

孫兵衛たちの舟は沖合に出ると、帆を立てた。操船《そうせん》は熟練の船頭らにまかせ、孫兵衛と孫三郎は獲物を物色するように、あたりの海に目を光らせる。

東の海にかすかな光がにじんできた。空が橙色《だいだいいろ》に染められ、さらに上にある青紫の空が白味を帯びてくる。

ここまで来てあたりの海に目を凝《こ》らす孫兵衛には、良心の呵責《かしゃく》などなかった。開き直っていかによい稼ぎをするかだ。

しかし、この時季には大きな稼ぎは無理だ。

品川沖《しながわおき》や房州からやってくる漁師舟には、鯛《たい》や烏賊《いか》、海老《えび》などが積んであるだろう。運がよければ鰻《うなぎ》や栄螺《さざえ》、赤貝《あかがい》まであるはずだ。

大きな儲《もう》けは期待できないが、それなりの稼ぎにはなる。

この〝仕事〟を思いついたのは、孫三郎だった。

世間は折からの飢饉で景気が悪い。米を含めた作物も不作である。しかし、九鬼兄弟は銚子にいたときに、漁師たちの景気のよさを知った。陸地で穫《と》れる作物が不作でも、浜の漁師たちに飢饉の影響はなかったのだ。

――兄上、漁師どもは貧《ひん》してはおらぬ。やつらは百姓と違って不漁でないかぎり潤《うるお》っている。

その一言で、いまや藩のお尋ね者になっている二人の稼ぎ方が決まったのだった。

いつしか江戸湾沿いの海岸から、つぎつぎと漁師舟のやってくる姿があった。はるか沖合で帆をあげて漁をはじめている舟もある。

孫兵衛たちはそんな小さな舟には目もくれず、避けるように遠ざかる。目立ってはいけなかった。

日が昇りはじめ、赤い朝日の帯が海を染めはじめた頃、品川のほうからやってくる押送船が見えた。これは快速艇である。三本の帆と七挺の櫓で、船首が波《なみ》飛沫《しぶき》をわけながらやってくる。

品川沖から来たのか、それとも相州《そうしゅう》あたりから来たのかわからない。相州から江戸湾に入津する舟は、浦賀番所《うらがばんしょ》の検閲《けんえつ》を受けるが、押送船は免除されていた。全長三十八尺五寸、全幅八尺二寸だ。

櫓が七本というのは、それ以上の高速船を使ってはならぬという幕府の取り決めがあるからだった。

孫兵衛たちが使っている舟は、その押送船よりやや小型だが、速力にさほどの差はなかった。

「あれは……」

孫三郎が目をつけてつぶやく。

「覚えておけ」

孫兵衛が応じる。

狙うのはその押送船の帰りである。積み荷を横取りするより、売り上げをもらったほうが仕事が楽だと気づいてからは、そうしている。

目をつけた押送船は二艘あった。孫兵衛たちはその舟が戻ってくるのを、沖合でのんびりと待つだけだ。

日が高くなり、行き交う舟の数が次第に増えていった。そして、目をつけていた押送船が引き返してきた。

「帆を下ろせ」

船頭のひとりが指図をした。目当ての押送船はどんどん近づいてくる。孫兵衛の舟は遠巻きに航行し、狙いを定める。

「それ、押すんだ！」

孫兵衛は目の色を変えて指図した。

漁師らは漕ぐとはいわない。「押す」という。

「押せ、押せ！」

孫三郎も声を張る。

狙う押送船は先を行っているが、急いではいない。その差はあっという間に縮まった。一味は顔を隠すために、手拭いで頬被りした。

舟腹を押送船につけると、相手の漁師たちが何事だと見てきた。孫兵衛たちはそのまま、隠し持っていた刀を抜いて飛び移った。

四

父定助の野辺送りを終えた平助は、仕事に戻った。思わぬ形で父親を亡くした衝撃と悲しみはいまだ尾を引いているが、生計のためには仕事をするしかない。それに、女房のおひさは腹に新しい命を抱えている。これから生まれてくる子のためにも、のんびりしてはいられなかった。

しかし、しばらく仕事を休んだので、その日は得意客への商いをかねて挨拶《あいさつ》をしなければならなかった。明日の注文を取ってからが、本格的な仕事の再開である。

そのために平助は盤台を吊るした天秤棒だけを担いでいた。注文が多いときは手押車《ておしぐるま》を使っている。

日本橋で仕入れた魚はどれも活きがいい。盤台に入っているのは、鯛、鱚《きす》、烏賊、海老などだった。お堀沿いの道をひたすら歩く。蝉の声がお城の奥から、そして近くの大名屋敷から沸《わ》き立っていた。

先の道には陽炎《かげろう》が立ち、歩を進めるごとに逃げていく。汗が噴き出し、何度も手拭いを使う。

歩きながら浜の漁師にいわれたことを思い出した。

——親の跡を継げねえのかい。

そういったのは、あまり平助のことを知らない漁師だった。平助は申しわけなさそうに頭を下げ、自分が舟に乗れないことを話した。

幼い頃から舟酔いする質《たち》なのだ。父親の定助は、もう少し年がいったら酔わなくなるだろうと楽観していた。平助自身もそう思っていた。しかし、舟酔いは十歳になっても十五歳になっても治らず、漁師にはなれないと悟った。

定助は残念がったが、これればかりはどうすることもできない。平助は親の跡を継げないなら、魚屋になると決めた。両親も反対はしなかった。

歩きながらも頭に引っかかっていることがあった。父定助が溺れ死んだということもあるが、他の漁師が気になることを口にしたのだ。

——定助さんだけじゃねえ。おかしな死に方をした漁師が他にもいるんだ。そいつは刀で斬られたような痕《あと》があった。

また、他の漁師も、

——海に出たっきり戻ってこねえ舟もあるんだ。それに沖のほうで魚に食われて死んでいる骸を見たやつもいる。この頃そんな話を聞いて気色悪《きしょくわり》いんだ。

——何かの祟《たた》りかねえ。

と、恐ろしげに漏らす者もいた。

平助は祟りなんかあるものかと、心中で反駁《はんばく》しながら、ひょっとしたらおとっつぁんは誰かに殺されたのではないかと考えた。

その考えは野辺送りの帰り道でさらに強まった。

——相州から来たらしい押送船が、死体を乗せたまま浮かんでいたのが見つかったと聞いた。死体はみんな漁師だったらしい。ひょっとすると海賊が出てるのかもしれねえ。

そんなことをいった者がいたのだ。

平助は、さっとその漁師を見て、「海賊」と心中でつぶやいた。

目に見えぬ「海賊」の影が、平助の頭に残像のごとく浮かんでいた。

ひゃっこい、ひゃっこい……。

同じ行商の冷水売《ひやみずう》りが、売り声をあげながらやってきた。すれ違いざま、「精が出るね」と声をかけ、武家屋敷地につながる道に消えていった。

平助が目ざすのは麹町《こうじまち》である。平助の縄張《なわば》りだ。

魚屋の棒手振《ぼてふ》りにも掟《おきて》があった。新参の者は魚河岸から遠くに割り当てられる。古参の棒手振りになると、縄張りが近くになる。

平助はいずれ市場の近くで商《あきな》いがしたいので、日本橋界隈《かいわい》で仕事をしている棒手振りとなるべく親しくしている。その棒手振りが引退して、縄張りを譲ってくれることがあるからだ。

麹町に入ると、真っ先に五丁目の呉服商《ごふくしょう》、岩城升屋《いわきますや》を目指した。

升屋は大得意客だ。なにせ麹町五丁目の約半分は升屋の敷地である。番頭にはじまって下男まで数えると、五百人を下らない奉公人を抱えている大商家だ。

日本橋の越後屋《えちごや》同様に「現銀掛け値なし」の看板を掲げているが、升屋のほうが早かったという。

升屋の裏にまわり、勝手口の前で息を整えて汗を拭いた。それから戸を引き開けながら声をかけ、屋敷内に入った。いうまでもなく店の裏側である。女中たちは表ではたらくことはなく、誰もが裏で下ばたらきをしている。

すぐに見知った女中が出てきた。

「あら、お魚屋さん。しばらくお顔が見えませんでしたね。みんなでどうしたんだろうって話してたんですよ」

「ちょいと身内の不幸があったもんで、ご迷惑をおかけしやした」

「あら、そうだったの。そりゃあ気の毒に。で、不幸ってどんな？」

女中は驚き半分、興味半分の顔で聞いてくる。

「親父がちょいと死んじまいまして」

「あらま、そりゃご愁傷様《しゅうしょうさま》だったわね」

「へえ、ありがとう存じやす。それで伊左次《いさじ》さんはいらっしゃいますか？」

「いるわ。呼んでくるから、ちょいとお待ちを」

伊左次とは升屋の台所を預かっている包丁人頭《ほうちょうにんがしら》だった。ほどなく、伊左次が前垂《まえだ》れをはたきながらやってきた。

「なんだい、しばらく顔を出してくれねえから困っていたんだ。いってェどうしたんだい？」

伊左次は平助の顔を見るなりそう聞いた。平助は先ほどの女中に話したことを繰り返した。

「そりゃあ大変だったね。それで落ち着いたのかい？」

「へえ、今日はご迷惑をおかけしたことをお詫びしなきゃならないと思いまして、足を運んでまいりやした」

「まあ、詫びなんていらねえさ。足りねえときは他の魚屋から仕入れていたから。だけど、やっぱおめえさんの魚がいいんだ。今日は何があるんだい？」

伊左次はしゃがんで盤台の魚をのぞき込んだ。年は四十ぐらいだと聞いているが、頭髪が薄く、鬢《びん》のあたりは涼しいつるつるの平地で、小指大ほどの髷《まげ》を頭の後ろでやっと結っている。

「いいねえ。今夜の献立《こんだて》に使うか。これとこれと、これをもらっておこう」

伊左次は立ちあがるなり、そういった。

「ありがとうございやす」

盤台の魚はほとんど捌《さば》けることになった。残ったのは烏賊二杯のみだ。ありがたいことである。

伊左次は翌日の注文もすると、

「親父さんは何で亡くなったんだ？　ま、そこに座りな」

と、そばにある腰掛けへうながした。

ちょうど日陰になっていて、風の抜けがよく、涼しかった。

「五十じゃ、ちょいと早かったな。まだ十分はたらけただろうに。それにしてもおかしくはねえか。海で仕事をしていた漁師が溺れるなんて……」

平助の話をあらまし聞いたあとで、伊左次は不思議そうな顔をした。

「へえ、たしかにそうなんです」

答えた平助は少し逡巡《しゅんじゅん》したあとで、浜の漁師たちから聞いた話をした。海賊が出たのではないかという噂である。

「そんなことが起きているのかい？　そりゃあ祟りじゃねえだろう。海賊かなんか知らねえが、人の仕業《しわざ》と考えんのがまっとうじゃねえか」

「伊左次さんも、やっぱりそう思いますか」

平助は伊左次を見ながらいった。

五

麴町四丁目の酒屋で酒二升を仕入れた八雲兼四郎《やくもけんしろう》は、ぶらぶらと通りを歩いていた。青竹色の白いよろけ縞《じま》の浴衣《ゆかた》を楽に着て、裾《すそ》を端折《はしょ》っていた。

町屋の奥から蟬の声が沸き立っている。誰もが暑い日照りにまいった顔をして、ときどき恨《うら》めしそうにぎらぎらと光るお天道様《てんとうさま》をあおぎ見、日陰を探しながら歩いている。野良犬がだらしなく舌を出して、天水桶《てんすいおけ》のそばで寝ていた。

兼四郎は右手に提げていた大徳利《おおどっくり》を左に持ち替え、薪炭屋《しんたんや》の軒先で立ち止まった。そのまま日を遮る庇《ひさし》の下に逃げ、剃り立ての月代《さかやき》に浮かぶ汗を押さえ、首筋に流れる汗をぬぐった。

そのとき、五丁目のほうから歩いてくる魚屋の棒手振りを見た。平助という仕事熱心な男だ。兼四郎は時々、その平助から干物を買うことがある。

「おい、魚屋」

声をかけると、平助がさっと顔を向けてきて、小さな笑みを浮かべた。

「これは〝いろは屋〟の大将、お暑うございますね」

「ああ、かなわねえな。しばらく顔を見なかったが、元気そうじゃねえか」

兼四郎はすっかり板についた町人言葉で応じる。

「へえ、ちょいと休んでいまして、ご迷惑をおかけしました」

「休んでいたのかい。それに今日は荷が軽いじゃねえか」

平助はだいたい手押し車に盤台を乗せて商売をやっている。天秤棒を担ぐのは滅多《めった》にない。

「お得意さんへ挨拶に行ってきたんです」

「そうかい、干物はねえかい？」

「あいにくありませんで。その代わり烏賊でしたら活きのいいのが二杯あります」

「烏賊か……」

兼四郎は短く考えた。烏賊の刺身はうまいが、上手に捌けない。

「捌いてくれるならもらおうか」

「お安いご用です」

平助は日陰になっている庇の下に盤台を置き、俎板《まないた》と包丁を取り出すなり、烏賊を手際よく捌いた。見事な手つきだ。

「やっぱ魚屋は違うな。もうちょいと細く切ってくれるか」

「へえ」

平助はあっという間に二杯の烏賊の刺身を作ってくれた。あいにく入れ物はなかったが、平助は持ち合わせの竹皮《ちくひ》に包んでくれた。

「すまねえな。それで休んでいたといったが、野暮用《やぼよう》でもあったのかい？」

「まあ、そんなところです」

「暑いから気をつけて帰《け》ェんな」

「ありがとうございやす」

兼四郎はそのまま自分の店に向かった。片手に一升徳利を二本、もう一方の手で烏賊の刺身を落とさないように気をつけた。

表通りから脇道に入る。兼四郎の商っている小さな店「いろは屋」は、麴町隼町《はやぶさちょう》にあった。細い路地を入った目立たない場所だ。八百屋《やおや》と油屋に挟まれた小さな飯屋だ。

路地には油屋の主《あるじ》が気を利かせたらしく、水打ちがしてあった。

その路地の生垣《いけがき》の前にしゃがんでいる女がいた。朝顔の蔓《つる》をいじっている。兼四郎が足を止めると、女は振り返ってぱあっと満面に笑みを湛《たた》え、さっと立ちあがった。

「大将、待っていたのよ」

女はあかるい声をかけてきた。手に小さな木槿《むくげ》の花を持っている。花柄の浴衣からのぞく白くて細い足がきれいだ。胸元の肌もなめらかで白かった。

もっとも着ている浴衣は古着で接《つ》ぎがあてられており、袖のあたりはほつれていた。

「今日はどうした?」

「お花持ってきたの。お店に活けようと思って」

「そうかい。ま、暑いけど入んな」

兼四郎は戸を引き開けて、酒徳利と烏賊の刺身を幅広の床几《しょうぎ》に置いて腰を下ろした。団扇《うちわ》を使ってしばらくあおぐ。

その間、女はニコニコした顔で見てくる。

名をお蛍《けい》という。半月ほど前ふらっと店にやってきて、それからときどき遊びに来るようになった。

放っておけないようなあどけなさを漂わせている。そのせいで若く見えるのかもしれないが、年は二十三だった。

「このお花、やっぱりいいわ。大将、見て」

一輪挿《いちりんざ》しに木槿を入れたお蛍が嬉しそうにいう。たしかに、炎天下の表に比べてほの暗い店に、白い木槿は映《は》えていた。

「いいねえ。なにか飲むかい。汲《く》んできたばかりの水があるから、冷や水を作ってやろうか」

「嬉しい」

お蛍は両手を胸の前で合わせて微笑《ほほえ》む。

兼四郎は新しい水を湯呑みに入れて砂糖を混ぜ、買い置きの白玉を入れてやった。冷水売りから買うと四文だ。砂糖を増やせば八文、さらに白玉を増やせば十二文だった。

「おいしい……」

お蛍は口をつけてから「ねえ」と、兼四郎を見た。

「大将はなんで、いつもぼんやりした顔をしているの？」

「は？　おれがぼんやりしているか……」

兼四郎は意外なことをいわれて、自分の片頬に手をあてた。

「うん、ぼんやりしている。のーんびりした話し方をするし……でも、わたしはそんな大将が好き。気に入っているんだ」

お蛍にいわれても嬉しくはないが、少し照れた。

「ねえ、今度お酒を飲みに来ていいかしら？」

「そりゃあかまわねえさ。だけど、飲めるのかい？」

「まだ飲んだことはない。でも、飲んでみたい」

「おまえさん、亭主はいないのか？」

お蛍はかぶりを振る。

「独り身なのか？」

「父がいます。母はいません」

「親父さんはなにをしてるんだ？」

「おうちで内職。貧乏なの。貧乏侍よ」

お蛍の親が侍だと聞いて、少し驚いた。しかし内職をしているとなれば、仕官できない御家人か浪人だろう。

「そうか、そうだったか。それじゃ親孝行してやらなきゃな」

お蛍は首を二度三度ひねった。

「さ、そろそろ店の支度だ。また、遊びに来な。花をありがとうな」

兼四郎は一度表を見てから立ちあがった。

「うん。また来る」

お蛍はそのまま帰った。

（そうか、侍の娘だったか……）

兼四郎は胸中でつぶやきながら板場に入った。

支度といっても大してやることはない。なにせ、品書きは、「めし　干物　酒」――それだけなのだ。

もっとも贔屓《ひいき》の客には、材料があれば他のものを出すときもある。今日は烏賊の刺身がそれだ。

客が使う幅広縁台を拭き、煙草盆《たばこぼん》を調《ととの》え、笊《ざる》に盛った猪口《ちょこ》を揃えたら、支度は終わりである。襷《たすき》を掛け、前垂れをつけると表の床几に座って煙草を喫《の》んだ。

ようようと日が暮れようとしている。夏の日暮れは遅い。蜩の声が裏の屋敷地から聞こえてきて、軒先の風鈴がチリンチリンと鳴った。

そのとき、下駄音《げたおと》がして路地の入り口に新しい女があらわれた。兼四郎を見ると、なにやらきっと表情を厳しくして足早にやってきた。

六

詰め寄るようにそばに来たのは、寿々《すず》だった。四十過ぎの大年増だが、肉置《ししお》きがよく色気を漂わせている。ところが今日の寿々は目つきが厳しい。

「大将、話があるの」

「なんだい、いきなり」

「いいから」

寿々は先に店のなかに入って、ストンと床几に大きな尻を落とすなり、お酒を頂戴《ちょうだい》という。

「ちょいと待ってくれ。暖簾《のれん》を出しておく」

兼四郎は言葉どおり暖簾を掛けてから板場に入り、大きめのぐい呑みに酒をついで寿々にわたした。

扇子《せんす》を使ってパタパタと胸元に風を送っていた寿々は、わたされた酒をぐびりと一口に飲み、はあーと大きく嘆息した。

白粉《おしろい》と匂い袋が香り立ち、寿々の汗の臭いも混ざった。顔に小さな汗の粒を張りつけている。

「若い娘が来ているそうじゃない。その子、大将に気があるってほんと?」

あくまでも寿々の目はきつい。

「娘ってお蛍ちゃんのことか。さっきも来てたよ。そこの花を活けてくれてな」

寿々はさっとその一輪挿しを見て、

「あ、それはわたしが持ってきた……。まあ悔しい」

と、いきり立ったように着物の袖《そで》を嚙んだ。たしかに一輪挿しの器《うつわ》は寿々が持ってきたものだった。

「大将、その子にほだされてんじゃないでしょうね」

「おいおい冗談はよしてくれ。お蛍ちゃんはああ見えても侍の娘だ。おれとは身分ちがいだ」

「ああ見えてもといっても、わたしは会ったことがないしね。でも、なに、そうなの？」

少し寿々の顔に安堵《あんど》の色が浮かんだ。

「親は内職している侍らしい」

「その娘、仕事はしているの？」

「さあ、どうだろう。あの様子だとしていないんじゃねえかな。で、誰にお蛍ちゃんのことを聞いたんだい？」

「元《げん》さんよ。若くてきれいないい女が大将にホの字らしいなんていうからさ。ま、そういうことなら……」

寿々はひょいと首をすくめて、酒のお代わりの催促《さいそく》をした。元さんとは、元助《げんすけ》という畳職人で口の絶えないおしゃべりだ。得意客には「元公」とか「元さん」

と呼ばれている。

「仕入れたばかりの烏賊の刺身があるんだ。どうする?」

「もちろんいただくわよ」

それから他愛もない話となり、寿々は少し酩酊《めいてい》してきた。頬が赤くなり、艶《つや》っぽい目で兼四郎を眺めては頬をゆるめる。そばに来ていっしょに飲もうと誘いもする。

寿々はいつもそうやって秋波《しゅうは》を送ってくるが、兼四郎はうまくかわしている。

そんなところへ、話に出た元助がやってきた。

「お寿々さん、今日も早いね。早くもしっぽりやってんのかい。ウヒヒ……」

奇妙な笑いを漏らした元助は、掛行灯《かけあんどん》の火が入っていないと兼四郎に教えてくれる。

「いけねえ、もう暗くなってるな」

兼四郎はすぐに掛行灯に火を入れた。ぽっとしたあかりが暗い路地を染め、垣根にある朝顔の蕾《つぼみ》を浮かびあがらせた。

元助はひとしきり女房の悪口をしゃべったあとで、お蛍のことを口にした。

「そうそう、昼間お蛍ちゃんに会ったんだ。飴屋《あめや》の前で口に指くわえて突っ立てるから、買ってやろうかと声をかけようとしたら、ふいと行っちまってね。ありゃ風変わりといえば聞こえはいいだろうが、ちょいとわけありだな。でも、様子はいいよな。肌も白いし、顔立ちもいいし、肉置きだって大したもんだ。黙ってりゃ、ふるいつきたくなるような女だ」

「そんなにきれいな娘なの？」

寿々が真顔になって聞く。

「ああ、いい女だよ。まともだったら、女房にしたいという男が引きも切らねえだろう。ひょっとすると、男を手玉に取るかもしれねえ。で、その親は侍なんだよ。おれの近所の裏店《うらだな》に住んでいるのがわかってよ」

元助のおしゃべりはつづく。兼四郎は板場の窓からその話を聞いていた。

「ご新造は数年前にぽっくり逝《い》っちまったらしくてな。お蛍ちゃんの父親は内職で何とかやっているらしいが、大変じゃねえかな」

「そのお蛍って娘、いくつなの？」

寿々が聞く。

「二十三だと聞いたよ。もう立派な大人じゃねえか。亭主がいてもいいし、子供がひとりや二人いたっていい。そんな娘を内職で食わせる父親は大変だろう。あッ」

元助は腕に吸いついた蚊《か》をぺしりとたたき潰した。

兼四郎は蚊遣《かや》りをもうひとつ焚《た》いてやった。

元助はお蛍に同情する話をしたあとで、町で聞いたどうでもいい話をのべつ幕なしにしゃべる。寿々はそんな元助に愛想を尽かしたように、勘定《かんじょう》をして仕事に出かけていった。寿々は四谷あたりで店をやっているらしいが、兼四郎も、いろは屋の客も、詳しいことを知らなかった。

入れ替わりに、大工の松太郎《まつたろう》と辰吉《たつきち》がやってきて、これまたどうでもいい下卑《げび》た話をして盛りあがった。

兼四郎は酒を出しながら、そんな話を聞くともなしに聞いていたが、お蛍のことが気になっていた。

その翌日、お蛍の住んでいる長屋を探して訪ねてみた。破れた腰高障子《こしだかしょうじ》を開け放して、お蛍の父親が傘張《かさは》りの内職をしていた。剝き出しの胸は肋《あばら》が浮いており、頬もこけていた。

その様子をちらりとのぞいて、井戸端へ行ったが、お蛍の姿はない。洗い物に来たおかみがいたので、お蛍のことを訊《たず》ねると、

「さあ、どこにいるのかしら。いつもふらふら歩いてるみたいだからね。なんだい、あんた関川《せきかわ》さんの知り合いかい？」

　おかみは不審げな目を向けてくる。

「そうではないが、お蛍ちゃんを知ってね。それで気になって来てみたんだ」

「関わらないほうがいいよ。あの家には毎日借金取りが来ていい迷惑さ。店賃《たなちん》も半年はためているらしいし、大きな娘はいるわで、やれやれよ」

　女将はよっこらしょと、釣瓶《つるべ》を引きあげる。

「それじゃ、暮らしはきついんだな」

「きついんでしょうが、関川さんは痩《や》せても枯れても侍だからね。滅多な口出しはしないほうが身のためよ」

「なにか面倒ごとでも起こしてるのかい？」

「借金取りと揉《も》めてんのよ。金がありゃそんなことはないんだろうけど、でもね、いつ刃傷沙汰になるか、こっちはビクビクよ」

　おかみは首をすくめて洗い物にかかった。

　兼四郎はもう一度、お蛍の父親を盗み見て長屋を出た。

七

麴町八丁目にある栖岸院《せいがんいん》の住職隆観《りゅうかん》は、奥の書院でときおり昼下がりの庭を眺めては、文机に置いた半紙に筆を走らせていた。

それは、先日、同寺を訪ねてきた品川法禅寺《ほうぜんじ》の住持《じゅうじ》徳圓《とくえん》への礼状だった。思いもよらぬ戴き物《いただきもの》をしたからである。

徳圓は以前、栖岸院で隆観の教えを受けた僧で、このたび先代住持の跡を継いだため、報告に来たのだった。

隆観は丁寧《ていねい》な手紙をしたため終わると、きれいに畳んでひと息ついた。扇子を使いながら庭を眺める。百日紅《さるすべり》が赤い花を咲かせている。小さな池に浮く白い睡《すい》蓮《れん》が、午後の日射しを受けていた。

蟬の声はかしましいが、涼やかな風が座敷に流れていた。

弟子の小僧が来客を告げに来たのは、それから間もなくのことだった。

「誰だね」

「升屋さんです」

「九右衛門《きゅうえもん》さんか。ここへお通ししなさい。それから茶をお願いするよ」

小僧が下がってしばらくして、升屋の主、九右衛門が腰を低くしてやってきた。

「お暑うございますね。和尚《おしょう》様も、この日照りでお務めが大変でございましょう」

久右衛門はそういってから、お口に合うかわかりませんが、と持参の土産《みやげ》を差し出した。

麴町三丁目にある「おてつ」という店の牡丹餅《ぼたもち》だった。隆観の好物だ。

「これはまた嬉しいことを。遠慮なくいただきます。それで、今日はまたなにか新しい話でもありますか」

隆観は黒い絽《ろ》の僧衣の袖をすうっと動かした。

「いえ、ただのご機嫌伺《うかが》いです。こう暑いと店も暇でございまして、こういうときに和尚様のご尊顔《そんがん》を拝んでおこうと思いまして」

「生臭坊主の顔を見ても、ご利益《りやく》はありませんよ」

隆観は冗談を返して、短く笑った。小僧が茶を運んできたので、さっそく牡丹餅をいただくことにする。

「うん、うまいですね。これはたまりません」

隆観はほくほくとした顔になり、半白髪《はんしらが》の眉《まゆ》をさも嬉しそうに垂れ下げる。

「庭の手入れは、小僧さんがおやりになるので……」

九右衛門は庭を眺めながらつぶやくようにいう。

「まあ、まかせております。以前はわたしも手入れをしていたのですが、若い者にまかせることにしました。そうはいっても升屋さんの庭には及びません」

「いえいえ、うちは職人まかせですから……」

九右衛門は、はにかんだ顔で茶に口をつけた。

江戸有数の呉服屋の主らしく、九右衛門はいかにも涼しそうな千鳥模様《ちどりもよう》の上布《じようふ》に白地の紗《しや》の羽織《はおり》姿だ。それに九右衛門は眉が細くて薄く、顔がゆで卵のようにつるんとしているので暑苦しさを感じさせない。

「変わったことはありませんか?」

話が弾まないので隆観は訊ねた。

「これといったことはありませんが……」

と、九右衛門は湯呑みを置いて、はたとなにかを思い出した顔になった。

「そういえば、海賊が出ているという話を聞きました」

「海賊……」

隆観は半白髪の眉を小さく動かした。

「うちの台所を仕切っている伊左次という包丁人頭がいるんですが、贔屓にしている魚屋がそんな話をしたそうなんです。なんでも、その魚屋の親は漁師なのですが、先日、海で溺れて死んでしまったらしいのです。で、葬式のときに、妙な話を聞いたんだそうで」

九右衛門は伊左次から耳にしたことを口にした。

それは平助が浜の漁師たちから聞いたことだ。海で死んでいた漁師の体に刀傷があったこと。漁に出たきり戻ってこない舟があること。沖合で帰ってこない漁師が魚に食われて浮かんでいたこと。相州の押送船が死体を乗せたまま浮かんでいたことなどである。

「浜の漁師たちは祟りだとか、海賊が出ているなどと噂をしているらしいのです」

「なんと、また奇妙な」

九右衛門の話を聞いた隆観はあることを思いだした。それは先日、隆観に挨拶に来た法禅寺の住持徳圓から聞いた話だった。

「奇妙な、とおっしゃいますと……」

「先だって品川法禅寺の住職が挨拶に来たのですが、この春頃、妙に気にかかる葬式を行ったそうなのです。妙というのは亡くなった仏の死に方です。納得がいかないと徳圓殿は申すのです。あ、徳圓というのは法禅寺の住持なんですが、死んだ仏は漁師でしてね。いま升屋さんがお話しになったことに似ているんです」

「似ている……」

九右衛門はわずかに身を乗り出した。

二人の間をそよそよと風が流れていった。

「漁に出たまま帰って来ないので、仲間の漁師が捜しに行くと、舟のなかで殺されていたそうなんです。他にも二つほど同じ死に方をしていた漁師がいたようで。漁師同士の諍いだとしても、あまりにもむごいというのです。しかし、何者の仕業なのかわからない。見た者がひとりもいないのです。遺された身内の者は、殺され損だ、泣き寝入りするしかないのかと嘆き悲しむだけで、なにもできないままらしいのです。徳圓殿はそんな話を聞いても、どうすることもできません。ひたすら成仏できるようにお経をあげるしかなかったと、さような話をしました」

「町奉行所の調べはあったのでしょう？」

「一応町方は調べたらしいのですが、ただそれだけのことだったようです。まあ、町方も沖のほうまで目配りはできませんからな」

九右衛門は少し体を引いて思案顔になった。

雲が日を遮ったらしく、静かな書院がすうっと明度を落とした。蟬たちはかしましく鳴きつづけているが、その書院だけは森閑《しんかん》としていた。

「たしかに魚屋が話したことに似ていますね。それも一度や二度ではありません。しかも、町方の目の届かない海の上でのこと……」

九右衛門の深刻な表情を見て、隆観は思案顔で、ふむとうなずいた。

「和尚様、同じことがこれから先もつづくなら、これはちと考えものです」

九右衛門は細い目をきらりと光らせる。この辺は、あうんの呼吸である。

「すると升屋さん、この一件を調べてみるとおっしゃいますか……」

「気になります。うちの店に出入りしている魚屋の親のこともあります。死んだ者はいわずもがな、遺された者たちのことを考えると、胸が苦しくなります」

「では、浪人奉行に出張ってもらうと……」

「そうしてもらいましょう」

第二章　芝浜《しばはま》

一

「大将、大将！」

兼四郎が店の片づけにかかっていると、表から慌《あわ》てた声と足音が近づいてきた。

板場から出ると、つい先ほどまで飲んでいた大工の松太郎が、戸口にすがりついた。息を乱し、ぎょろ目をさらに大きくしている。

「どうした」

「大変だ、お蛍が、お蛍がひどい目にあって……」

「何だって!?」

兼四郎は前垂れを外して、戸口にしがみついている松太郎に近づいた。

「とにかく来てくれ。ひでえことになってんだ。辰公がいま面倒見てるから」

要領を得なかったが、兼四郎は松太郎と店を飛び出した。松太郎が案内したのは、平河天神《ひらかわてんじん》につづく道端だった。

暗い通りで、近くにある小料理屋や居酒屋の行灯も消えていた。

「しっかりしな。いったい何があったんだい？」

辰吉が地べたに、ぺたんと座っているお蛍の肩を支えるようにしていた。

「どうした？」

兼四郎は声をかけながらも、お蛍の姿に目をみはった。

髷は千々に乱れ、着物ははだけ、素足だ。兼四郎がそばにしゃがむと、お蛍が泣き濡れた顔を向けてきた。月あかりに浮かぶその顔は泥で汚れていた。

「おれたちが戻っていると、天神さんのほうからふらふらとやってきて、ばったり倒れたんだ。誰だろうと思って見ると、お蛍だ」

辰吉がいう。

「こりゃあ誰かにやられちまったんだ」

松太郎が酔いの覚めた顔でいった。

「店に戻ろう。お蛍ちゃん、立てるか？」

兼四郎が聞いても、お蛍は返事をしない。兼四郎はそのままお蛍を負ぶった。

薄暗い夜道を戻りながら、お蛍に何があったのだと聞くが、しくしくと泣くだけだ。

店に戻ってお蛍を床几に座らせた。接ぎのあたった着物だが、あちこちが破れている。顔と同じように、両手両足も泥で汚れていた。

「松《ま》っつぁん。手拭いを濡らしてきてくれ」

兼四郎は松太郎に指図して、お蛍の乱れている着物を整え、泣き濡れた顔を水に浸した手拭いで拭いてやった。それから汚れている手も足も丁寧に拭いた。

「どうしたお蛍ちゃん、何があったか教えるんだ」

「男が……お財布を……」

お蛍は目に涙をためて、声をふるわせる。

「金を盗られたのか？　そいつは知っている男か？」

お蛍は首を振る。

「どこでやられた？」

「天神さんのそば……天神さんの銀杏《いちょう》の下……ううっ……」

お蛍はつーっと一筋の涙を頬につたわせる。

「相手はひとりだったのか？」

お蛍は悔しそうに口を引き結び、指を二本立てた。

「どんな男だった？　顔は見たか？」

お蛍は首を振る。

「番屋に知らせて、その野郎をとっ捕まえようじゃねえか」

松太郎が息巻く。

「だけど、もうこの辺にゃいねえだろう。それにお蛍ちゃんは相手の顔を知らねえんだ」

辰吉がいう。

「お蛍ちゃん、喉《のど》が渇いていねえか？」

兼四郎が聞くと、うなずく。松太郎が汲んできてくれた水を飲ませた。お蛍は水を飲んだことで少し落ち着きを取り戻した。

「夜更けに出歩くから危ない目に遭《あ》うんだ。これからは気をつけるんだ」

お蛍は黒い瞳《ひとみ》をみはってうんと頷く。

「松っつぁん、辰吉、おれがお蛍ちゃんを送っていく。もうおまえたちは帰ってい。あとのことはおれがやるから」

「お蛍の家はわかっているのかい？」

辰吉が聞く。兼四郎はわかっているとうなずいた。

松太郎と辰吉が帰っていくと、兼四郎は店を閉めて、お蛍を連れてお蛍の長屋まで歩いた。提灯《ちょうちん》のあかりで、足許を照らしてやる。

「親父さん、心配してるだろうな。おれが話をするから、お蛍ちゃんは黙っているんだ」

お蛍はしおらしくうなずく。

お蛍の長屋は静かだった。職人たちは早々に寝てしまうし、それにもう四つ（午後十時）を過ぎていた。

腰高障子にあかりがあるのは数軒しかなかった。その一軒がお蛍の家だった。戸を開け放してあり、父親は内職仕事をつづけていた。

戸口に立つと、気配に気づいた父親が、傘張り仕事の手を止めて、お蛍と兼四郎を見てきた。

「お蛍ちゃんの親父さんですね」

「さようだ。そなたは？」

「この近くで飯屋をやっている兼四郎と申します。じつはお蛍ちゃんが、夜道で追《お》い剝《は》ぎに遭ったらしいんです」

「追い剝ぎ……」

父親は驚いたように我が娘を見て、顔をしかめた。

「この子が追い剝ぎに……見る目のない不届《ふとど》き者《もの》だな」

「とくに怪我《けが》はしていませんが、こんな有様なのでひとりでは帰れないと思い、送ってきたんです」

「それはご親切を。かたじけない」

父親はそういったあとで、お蛍にどこをほっつき歩いていたんだと、厳しく叱りつけた。お蛍は悲しげにうつむく。

父親はしょうもない子だと吐き捨ててから、

「ひょっとしておまえがときどき立ち寄っているというのは、この旦那の店かい？」

と、兼四郎を見る。

「大将はいい人よ。わたしを助けてくれたし……」

お蛍は小さな声でいった。

「とにかく夜のひとり歩きは感心できません。このご時世ですし、質《たち》の悪い流れ者がうろついてもいます」

兼四郎はそういってから、粗末《そまつ》な家のなかを見た。

「たしかに仰《おお》せのとおり。よく注意をしておきましょう。ご親切、痛み入ります」

「あの、お名前を伺ってもよろしいですか？」

「見てのとおりの貧乏侍。名乗るほどの者ではないが、関川多一郎《たいちろう》と申す」

「関川様ですね。では、お蛍ちゃんのこと、頼みました」

兼四郎は頭を下げて長屋を出た。

通りに出て一度ため息をつき、空に浮かぶ星を眺めた。不憫《ふびん》なお蛍と、貧しい父親の顔が脳裏《のうり》に浮かび、何ともいたたまれぬ気持ちになった。

二

翌朝、いつもより早く起きた兼四郎は、井戸端で顔を洗ったあと、同じ長屋のおかみから亭主の愚痴《ぐち》を聞かされた。半分は聞き流しながら、同情の言葉を返すが、相手が愚痴をいうだけで気が晴れるのはわかっているので、

「まあ、ときには大目に見てやりな」

と、短く応じた。

「大目にって、そんな甘い顔見せたら、あの人つけあがるだけだよ。まったく、男ってのはしょうがないね」

おかみは大きな尻を突き出して、股引《ももひき》を洗いはじめた。

兼四郎は首をすくめて自分の家に引き返す。亭主連中は出掛けているので、長屋は静かだった。うるさいのは蟬の声だけである。

上がり口に腰掛け、首にかけている手拭いで口を拭きながら、関川親子に何かしてやれることはないだろうかと考える。下手《へた》なお節介《せっかい》は嫌がられるだろうが、何か力になってやりたい。

その前にお蛍の父親、関川多一郎のことを知る必要がある。借金を抱えているようだし、この先内職だけでは苦しいままだろう。お蛍の面倒も見なければならない。

兼四郎が初めてお蛍に会ったのは、店の支度を終え、表の床几で煙草《たばこ》を喫《の》んでいるときだった。ふらりとお蛍がやってきて、垣根に巻きついている朝顔の蔓《つる》をいじりはじめた。

「何をやってんだい？」

兼四郎が声をかけると、ふうっと振り返り、小さく微笑んだ。濁《にご》りのない純粋な黒い瞳に、ドキッとさせられた。

「お花が好きなんです。きれいに咲いてもらいたいから……」

お蛍は絡まった蔓を直しているのだった。

兼四郎はその様子を黙って眺めていた。身なりはあまりよくない。髷も乱れているし、着物も接ぎはぎだらけで、襟元《えりもと》や袖がほころんでいた。

「冷や水飲むかい？」

声をかけると、お蛍はにっこり微笑んでうなずいた。

兼四郎は砂糖と白玉を入れた冷や水を作り、床几に並んで飲んだ。そのとき、お蛍の名前と近所に住んでいるということを知った。

それがきっかけになり、ときどき開店前にやってくるお蛍と話をするようになった。お蛍は体は立派な大人だが、口調はおっとりとあどけなく、若く見えた。

汚れを知らないうぶな女だった。

花が好きなお蛍は、開店後も姿を見せるようになり、どこで手折《たお》ってきたのか、一輪挿し用の花を持ってきた。そんなとき贔屓の客に冷やかされもするが、みんな好意的に接している。


「旦那、旦那」

兼四郎は我に返った。そばの戸口に定次《さだじ》が立っていた。

「何か考え事ですか？　何度も声をかけたんですよ」

「あ、いやちょっとな。どうした？」

兼四郎はそう聞きながらも、定次が来たということは、升屋か栖岸院の和尚からの呼び出しだろうと思った。

「何があったのか知りませんが、例によってうちの旦那と和尚さんが、相談したいことがあるらしいんです」

案の定だった。

定次がうちの旦那というのは、升屋九右衛門のことである。定次は升屋の使用人だが、ときどき商品をくすねる悪い客がいるため、その監視役だった。以前は北町奉行所の同心の小者《こもの》を務めていた経歴もある。

「これからか？」

「旦那は朝が遅いんで、昼餉《ひるげ》をいっしょにどうかといっています。お寺のほうに料理を用意するそうなので……」

「わかった」

三

兼四郎がこざっぱりした浴衣姿で栖岸院に行くと、早速庭に面した座敷に通された。

すでに隆観と九右衛門が待っていて、膳部《ぜんぶ》が調えられていた。吸い物に二つの小鉢と鱚《きす》の天ぷらが載っていた。ひとつの小鉢には南瓜《かぼちゃ》の煮物、もうひとつは胡瓜《きゅうり》と大根《だいこん》の酢漬けだった。

「何かございましたか？」

兼四郎は席につくなり、隆観と九右衛門を見た。店とちがって、二人の前では侍言葉を使う。

「まあ、食べながらおいおい話をしましょう」

隆観はそういって食事を勧めた。料理を用意したのは九右衛門で、近くの料理屋から運ばせたということだった。

「気になる話を聞いたんでございます」

短い世間話のあとで、九右衛門が本題に入った。

兼四郎は箸《はし》を止めて、九右衛門を見た。

「又聞きではございますが、うちに出入りしている魚屋から耳にしたことです。直接聞いたのは、うちの包丁人頭なのですが、その魚屋に不幸がありまして……」

九右衛門はそう前置きをして、平助という魚屋の話をした。途中で、その魚屋だったら自分の知っている男だと気づいたが、兼四郎は黙って耳を傾けた。

「芝浜の漁師が、さようなことを話しているのですね」

「一度ならず、二度も三度も似たようなことが起きているのです。平助の親もそうなのですが……」

「その魚屋だったら、わたしも知っています。二、三日前に会ったばかりです。しかし、そんな話はしませんでした。なるほど、それでしばらく姿を見せなかったのですね」

「まあ、その魚屋の話だけなら、それで終わったのかもしれませぬ。されど、わたしも妙な話を聞いておるんですよ」

隆観が箸を置いて口を開いた。

それは、品川にある法禅寺の住職が、葬式の席で聞いた浜の漁師の話だった。

確かに平助の話と、法禅寺住職の聞いた話は似ている。

「祟りというのは、まず考えられないこと。漁師らが〝海賊では〟と疑っているように、ならず者が海を荒らしているのかもしれませぬ。ことは浜ではなく、人目につかない沖合で起きています。八雲殿は、どうお考えになりますかな」

隆観は話を結んで、兼四郎をひたと見た。

「話だけを聞けば、のっぴきならぬと思いまする。ただ、殺しの疑いがあるならば、町方も調べはしているのではありませんか」

「調べはしたのでしょうが、その後どうなっているのかわかりません。なにぶん陸から離れた沖合でのこと、仮に殺しだとしても証拠や、その場を見た者がいないかぎり動きようがないでしょう」

「ふむ」

兼四郎は庭の築山《つきやま》に視線を移した。五葉松《ごようまつ》や楓《かえで》などが配され、池に鯉《こい》が放たれている。畔《ほとり》には桔梗《ききょう》や女郎花《おみなえし》が咲いており、水面《みなも》には睡蓮の花が見られた。

「その件を調べよということですね」

兼四郎は隆観と九右衛門に顔を戻した。

「さようです。もっとも市中のことですし、御番所の調べが行われているのなら、手を引いてもらうしかありませんが……」

九右衛門はそういって小さくうなずく。

兼四郎は同じような事件の探索を九右衛門から受けている。それは江戸府内ではなく、町奉行所の支配外の町や村で起きた残忍な事件の解明だった。

報酬《ほうしゅう》は一件につき二十両。一日で片づこうが、十日かかろうが同じである。

「やれとおっしゃるなら、やるしかないでしょう」

「御番所の動きがあるようなら、そのときはそっと手を引いてかまいませんので、ひとつ調べてくださいませ」

九右衛門は丁寧に頭を下げて頼む。

「わたしもさような話を聞いて、寝付きが悪くなったので、八雲殿、いや浪人奉行に動いてもらうしかないだろうと、升屋さんと相談しておったのです」

隆観も小さく目をつむって、頼むという顔をした。

兼四郎に〝浪人奉行〟という架空の役名をつけたのは隆観だった。

「さような話を聞いた手前、わたしもじっとしていることはできないでしょう。

承知しました。早速にもかかりたいと思いますが、今日の今日というわけにはまいりません」

「承知しております。何分にも性急な相談事ですからね」

九右衛門が応じた。

「今日のうちに私用をすませ、明日から取りかかることにしましょう」

「お頼みいたします」

栖岸院の母屋《おもや》を出ると、本堂の階段に定次が腰掛けていた。

「何だ、ここにいたのか」

兼四郎が声をかけると、一方の空を眺めていた定次がすっくと立ちあがった。

「やっぱ仕事ですか？」

「うむ。調べなければならぬことがある」

兼四郎は参道を戻りながら少し間を置いた。

周囲は蟬時雨《せみしぐれ》に包まれている。

「浜の漁師が不審な死を遂《と》げている。おれが贔屓にしている魚屋の父親も同じ目にあっているようなのだ。海賊の仕業ではないかという者もいるらしい」

「海賊……」

兼四郎は隆観と升屋九右衛門から聞いたことを端的に話してやった。

「すると、町方が調べをつづけていれば、手を引くということですね」

「そういうことになる。明日から動くが、このこと官兵衛《かんべえ》の耳にも入れておいてくれるか」

「承知しました」

「夕刻にでもまた会おう。そのときに明日の段取りを話す」

「わかりやした」

兼四郎は山門を出たところで、定次と別れた。官兵衛というのは同じ仕事の助《すけ》をしてくれる浪人である。

そのまま自宅長屋に帰っていると、前から歩いてくる侍に気づいて足を止めた。

四

近づいてくるのはお蛍の父親、関川多一郎だった。

炎天下のなか頬被りをし、よれた着物をまとっている。腰に大小を差してはいるが、片腕で傘の束を抱え持っていた。

「関川さんでは……」

兼四郎が声をかけると、多一郎は立ち止まってうろんな目を向けてきた。こけた頬には無精ひげが生えており、月代も伸びたままだ。あまり日にあたっていないらしく、青白い顔をしていた。

「……昨夜《ゆうべ》の」

多一郎はようやく思い出したようで、

「世話になり申した。手が焼ける娘で往生《おうじょう》しておるのです」

と、いささか恥じらうような笑みを浮かべた。

「お暑いのに大変ですね。お急ぎでなかったら、少し話をさせていただけませんか」

「話……いや、わたしには……」

「相談があるのです」

遮っていうと、多一郎は少し迷った顔をした。

「何の相談があると申す？よもや娘を助けた見返りを望んでいるのではあるまいな」

「いえ、そんなことじゃありません」

兼四郎は町人言葉で応じる。ならばと、多一郎は折れて誘いに乗った。

近くの茶屋の床几に座って冷や水を注文し、しばらく行き交う通行人を眺めた。

「相談とは何だ？」

気詰まりな沈黙を破ったのは多一郎だった。

「お蛍ちゃんのことです。あっしの店によく遊びに来て、店の客にも可愛がられています」

「まさか、あやつ酒を」

多一郎は驚いたように目をみはった。

「いえ、だいたい店を開ける前に遊びに来ます。客に顔を覚えられたのは、ときどきどこかで手折った花を持ってきてくれるからです」

「さようなことを、あやつが……」

「話をすれば、お蛍ちゃんがどんな娘なのかはわかります。あのままでは、はたらくこともできないでしょう。美しい心を持っているし器量がいいので、嫁の話があればよいのですが、その辺のことはあっしにはわからないことで……」

「いったい何をいいたいのだ？」

多一郎は咎めるような目を向けてくる。

「その、よかったらあっしの店を手伝ってくれないかと考えたんです。もちろん給金は払います」

「そなたの店を……」

「看板は飯屋ですが、まあ小さな居酒屋といった按配《あんばい》です」

「ふん、あの娘に客商売などできようか。親切心でいってくれるのだろうが、断る」

多一郎は気分を害したように立ちあがり、懐《ふところ》に手を入れた。

「あ、お代は結構です。もし、よかったら今晩遊びに来ませんか。そうすれば、どういう店なのかわかるはずですから」

「何という店だ？」

「いろは屋といいます。関川さんの長屋から一町あるかないかでしょう」

兼四郎はおおよその場所を教えてやった。

「ま、気が向いたらだ。では」

そのまま多一郎は四谷《よつや》のほうに歩き去った。

日が傾き、店の支度を終えた頃、定次がやってきた。

「官兵衛さんが承知してくれました。それでどうすればいいんだと聞かれたんですが……」

「こういったことは早いほうがいいだろう。明日の朝六つ（午前六時）、四谷御門外で会おう」

「わかりました。では、これからまた会ってきます」

「すまぬな」

兼四郎は立ち去る定次を見送ってから店のなかに入った。

今日は早仕舞いをするつもりだ。贔屓の客に肴《さかな》を注文されても、今夜は品書きどおりだというしかない。それからしばらく休むということも伝えなければならない。

板場で水を飲んでいると、下駄音がして、ひょっこり寿々がやってきた。

「今日はやけに早いじゃねえか」

「考えがあってきたのよ。お邪魔《じゃま》するわ」

寿々はいう先からもう店のなかに入って、幅広床几に壺《つぼ》を置き、持ってきた花をばさりと置いた。

夾竹桃《きょうちくとう》、木槿、ほおずき、百合《ゆり》などの花だった。

「なんだ、それは」

「あの娘は一輪挿しを活けるじゃない。癪《しゃく》だから、わたしはこの壺に花を活けるの。悪いことじゃないでしょう」

寿々はにっこり微笑む。目尻のしわが深くなる。その数も多い。どうやらお蛍に対抗心を持っているようだ。

「いやまあ、それは……」

「その前にちょっと一杯いただこうかしら。こう暑くてはかなわないからね」

たしかに寿々は汗をかいていた。額にも頬にも汗の玉が浮いている。化粧が剝げるのではないかというほどだ。

兼四郎が冷や酒を差し出すと、うまそうに半分ぐらい飲んだ。はあ、生き返ったわと独りごち、パタパタと扇子をあおぐ。腰高障子が西日にあぶられ、日暮れを知らせるように蟬の声が高くなっていた。

「漬物か何かないかしら」

寿々は酒の肴をほしがった。

「漬物ならあるはずだ」

兼四郎は板場のなかに入って漬物樽を見た。胡瓜と牛蒡《ごぼう》、大根が漬かっている。一本ずつ取り出して、適当に切りはじめたとき、戸口に新たな声がした。そちらを見ると、お蛍である。

「こんにちは」

寿々に挨拶をし、兼四郎を見てにっこり微笑む。昨夜ひどい目にあったのに、けろっとした顔だ。さすがに着物は別のものを着ていたが、表情は普段と変わらない。

「お蛍ちゃん、親父さんに昼間会ったぜ」

「あら、お花」

お蛍は兼四郎を無視して、寿々のそばにある花を見ていた。

「これから活ける花よ」

寿々が無愛想にいう。

お蛍の目は花と壺を行き来していた。それからふいと寿々を見て、

「わたしにやらせてくださいよぅ」

と、甘えたようにいう。

寿々はあきれ顔を兼四郎に向けてきたが、

「できるなら、見せてもらおうかしら」

と、けしかけるようにお蛍に顔を戻した。

とたん、お蛍は相好《そうごう》を崩し、両手を小さくたたいて花を選びはじめた。それから長い茎《くき》を折ったり、葉をちぎったりした。

兼四郎は板場から眺めていたが、壺に水を入れたいというので、そうしてやった。お蛍はぞんざいに壺に活けていたが、何を思ったのか表に飛び出し、すぐに戻ってきた。手に葉のついた躑躅《つつじ》の枝を数本持っていた。

それを壺に差すと、花を活けはじめた。兼四郎と寿々は黙って見ていたが、お蛍はあっという間に活け終えた。

仕上がりを見た寿々が、驚いたようにまばたきをする。口をぽかんと開け、活け花とお蛍を交互に見る。

「あんた、どこで覚えたの？」

寿々に聞かれたお蛍は、きょとんと首をかしげる。

兼四郎には活け花などわからないが、たしかに見事に思えた。白い百合と赤い夾竹桃が対照的で、下から支えるようにほおずきが並び、背後には躑躅の枝が高く立てられている。素人目《しろうとめ》にも見栄えがよかった。

「驚いちゃったわね。あんた、誰にも教わってないのに活けられるようになったの？」

寿々はいまだに目をまるくしていた。

「お花が好きなんですよぅ。ねえ、大将」

お蛍は鼻にかかった声でいって、楽しそうに兼四郎を見た。

五

寿々とお蛍が帰ったあと、しばらく店は暇だったが、表が暗くなったころに、松太郎と辰吉がやってきた。入ってくるなり、幅広床几に置かれた活け花を見て、

「何だ、ずいぶん豪勢《ごうせい》な花じゃねえか」

松太郎がめずらしそうな顔をすれば、

「まさか、大将が活けたんじゃねえだろうな」

と、辰吉がいう。

「お寿々さんが持ってきたのを、お蛍ちゃんが活けたんだ」

松太郎は感心して首を振り、酒を注文する。

「へえ、あの子がねえ。能ある鷹は何とかっていうけど……そうかい。で、お蛍はどうなんだい？」

辰吉は昨夜、お蛍がひどい目にあっているのを気にしている。

「覚えていないのか、それとも忘れたのかおれにもよくわからねえが、けろっとしてるんだ。お寿々さんが妙に気に入って、さっきいっしょに帰ったよ」

「ふうん、お寿々さんがねえ」

松太郎は解《げ》せないという表情で首を振る。兼四郎とお蛍が親しくなったのを、寿々が面白《おもしろ》く思っていないのを知っているからだ。

「まさか大将、昨夜のことをお寿々さんに……」

真顔を向けてくる松太郎に、そんなことはいっていないと、兼四郎は顔の前で手を振った。

「女心ってヤツはわからねえもんだ」

辰吉が軽口をたたいて酒を飲む。それからいつものように、松太郎と仕事の話や大工仲間から聞いたことをしゃべくりあった。

夜の帳《とばり》が下りたせいか、開け放している戸口から吹き込んでくる風が心地よくなっていた。蚊遣りの煙が板場に流れてきて、窓から出て行く。

「邪魔をする」

ふらりと戸口にあらわれ、店に入ってきた男がいた。

兼四郎は「いらっしゃい」という言葉を途中で呑み込んだ。

お蛍の父、関川多一郎だったからだ。

「酒をもらおう」

多一郎は店のなかをひと眺めしてから注文した。店に侍が来ることは滅多にない。しかも、多一郎は異様な雰囲気を醸《かも》している痩せ浪人だ。こけた顔にある眼光が鋭い。松太郎と辰吉のおしゃべりがやんだ。

兼四郎は、酒はつけるのか、冷やかと聞いた。多一郎が冷やでいいというので、大きなぐい呑みに酒をついで運んでいった。

多一郎は黙って受け取り、ぐびりと飲み、うむと、小さくうめくような声を漏らして、また酒に口をつけた。

一拍間を置くと、隣に座っている松太郎と辰吉にぎろりと目をやり、壺の活け花にちらりと視線を向けたが、またすぐに酒を飲んだ。

多一郎が来たせいで、店の雰囲気が一変した。おしゃべりの松太郎は黙っているし、辰吉は尻の据わりが悪くなっている。

ときどき、ジジッと鳴く夜蟬の声が表から聞こえてきた。

「長いのか？」

突然、多一郎がくぐもった声を漏らして、板場の入り口にいる兼四郎を見た。

「この店のことですか？　一年ほどでしょうか……」

「ずっと料理人をやっていたのか？」

「ま、いろいろです」

兼四郎は言葉を濁した。多一郎は視線を外して、ぐい呑みの酒を見つめた。松太郎と辰吉が顔を見合わせる。

「こう見えても、元はさる大名家の家来だったのだ。落ちぶれはしたが、いずれ仕官する。お蛍が世話になった。礼はいうが、慈悲《じひ》はいらぬ。心得ておけ」

多一郎はふいに顔を上げて兼四郎を凝視した。

「は、はい」

「勘定だ」

兼四郎は結構だといおうとしたが、多一郎にはそれなりの矜持《きょうじ》があるようだ。

「では、二十文いただきます」

多一郎は懐に手を差し入れ、もぞもぞやってからきっちり二十文を膝許に置いた。

「馳走《ちそう》になった」

そのまま多一郎は立ちあがった。兼四郎が「ありがとうございます」と礼をいったときには、もうその姿はなかった。

「大将、いまの侍を知っているのかい？」

松太郎が目を大きくして聞いてくる。

「お蛍ちゃんの父親だ」

「え、あれが、お蛍の……ずいぶんうらぶれてる侍だな。それに妙に気色悪いじゃねえか。へえ、あれがねえ」

「あの人が親父か……」

辰吉も驚いていた。

「さあ、今日は早仕舞いだ。さっさと飲んでくれ。それからしばらく休みにする」

松太郎と辰吉が、さっと兼四郎に顔を向ける。

「なんだい、例によって野暮用かい。よく野暮用があるもんだ」

松太郎があきれる。

「おれにもいろいろあるんだ」

兼四郎は多一郎が使ったぐい呑みを下げた。

六

「あんた、そろそろ起きなよ。夜が明けたよ」

そういって橘《たちばな》官兵衛の頬をぴたぴたたたくのは百合《ゆり》だった。雨戸を開け放しているから、夜明け前の風が流れ込んでいる。

そこは女按摩師《おんなあんまし》、百合の家だった。内藤新宿下町《ないとうしんじゆくしもちよう》にある裏店だ。

「何だ、もう朝かい……」

官兵衛は胸をぼりぼり掻《か》いて、上からのぞき込むようにしている百合を片目だけ開けて見た。大きな乳房が鼻の先にある。百合は裸だ。葱《ねぎ》のように白いむちむちしたその体を見ると、官兵衛の男の欲が疼《うず》く。

「もうちっといいだろう」

官兵衛は腕を伸ばして百合を抱き寄せる。

「もう、昨夜《ゆうべ》さんざんやったじゃないのさ。それよりあんた、大事な仕事があるといってたじゃない。遅れても知らないよ」

「そういうな。う〜ん」

官兵衛は豊かな百合の胸に顔を埋める。

しかし、大事な仕事といわれ、はたと思い出した。

「いま何刻だい？」

「さあ、七つ半（午前五時）ぐらいじゃないのかねえ」

官兵衛は百合の胸から顔を離して表を見た。もう薄明るくなっているし、鳥の声や蟬の声も聞こえる。

「こりゃあまずいな。おい、支度だ」

「これだからあんたはしょうがないね。はいはい、手伝ってあげるわよ」

百合は鷹揚《おうよう》な女だ。細かいことには一切こだわらず、官兵衛の面倒を見る。官兵衛がどこで何をしていようが、詮索《せんさく》もしない。

官兵衛は急いで下穿《したば》きをつけ、夏物の着物を羽織《はお》る。それからどっかりあぐらをかいて座ると、百合が乱れた髷に櫛《くし》を入れ、鬢付《びんつ》けを塗ってくれる。

「腹は減っていないかい。ちゃちゃっとにぎり飯ぐらいなら作ったげるよ」

「頼む」

百合は寝間着《ねまき》を羽織っただけで、台所できぱきと動き、にぎり飯と茶を用意してくれた。沢庵《たくあん》まで添えてある。

百合も太っているが、官兵衛も太っていた。にぎり飯を頬張り、茶を飲み、沢庵をぽりぽりやる。その間に百合が雪駄《せった》を揃え、大小を戸口のそばに置いてくれる。

「では、行ってまいる」

「今度はいつ帰ってくるの？」

「さあ、わからねえ。兄貴次第だ」

兄貴というのは兼四郎のことだ。百合にはどんな男なのか話してあるが、あまり関心がなさそうだ。

「それじゃ、気をつけてね」

官兵衛は百合に送り出されて表の道に出た。甲州道中《こうしゅうどうちゅう》である。しばらく行ったところに大木戸《おおきど》があり、そのまま四谷の通りを歩く。

商家はまだ開いていないが、朝の早い行商人を見かけた。野良犬が道を横切り、天水桶のそばで寝ていた猫が大きな欠伸《あくび》をした。

兼四郎と定次は四谷御門外で官兵衛を待っていた。あたりにはうっすらとした靄《もや》がかかっていた。すぐそばの堀から立ち昇ってくる蒸気があるからだ。

兼四郎は着流しに大小という楽な身なりだ。定次は股引に膝切りの着物に梵天《ぼんてん》帯《おび》。腰には木刀《ぼくとう》を差している。

「旦那、来ましたよ」

定次にいわれるまでもなく、兼四郎もやってくる官兵衛の姿を見ていた。

「よう、待たせたかな」

官兵衛は襟を大きく開けた胸を毟《むし》るように掻きながらそばに来た。

「さほどではないさ。詳しい話は歩きながらしよう」

そういって歩き出す兼四郎は、店とはちがい、侍言葉に変える。

「海賊が出たっていうが、ほんとうかね」

官兵衛は大雑把《おおざっぱ》なことを定次から聞いている。

「ほんとうかどうかわからぬが、それを調べるのだ。まずは芝浜に行く」

兼四郎は昨日、隆観と升屋九右衛門から聞いたことをかいつまんで話した。歩を進めるごとに周囲があかるくなり、東の空が白みはじめる。それに合わせたように、蟬の声も高くなった。

「漁師は何人殺されたんだ？」

官兵衛は大まかな話を聞いたあとで問いかけた。

「詳しい数はわからぬ。だが、浜の漁師たちは、死んだり殺されたりした仲間の死に方を不審に思っているようだ」

「町方が動いているだろう」

「おそらく動いてはいるだろうが、どこまで調べを進めているかわからぬ」

「動いていたら、おれたちゃ勝手な調べはできないんじゃないのか」

「そのときは、手を引くことになっている」

「ふーん、さようなことか」

「とにかく、あたってみなきゃわからないでしょう」

定次が言葉を添えた。

四谷から芝浜までは二里に欠ける距離だ。三人は急ぎはしなかったが、芝浜についたのは五つ（午前八時）を少しまわった時刻だった。

芝浜は本芝《ほんしば》一丁目から四丁目あたりまでの浜を呼ぶ。ときに芝浦《しばうら》、あるいは袖《そで》ケ浦《がうら》、竹芝浦《たけしばうら》などと呼ぶこともある。

まず三人は、浜の様子を見ながら流し歩いた。すでに漁師舟は沖に出ており、網干し場になっている浜辺では、漁師の女房や子供、老人らが浅瀬に入って貝を採ったりしていた。

浜の近くには魚問屋があり、仲買人《なかがいにん》たちの姿もあった。

早出の漁師舟が戻ってきては、水揚げ作業をやっていた。日本橋の魚市場ほどではないが、芝浜もなかなか盛況である。

ひととおりあたりを見てまわった兼四郎は、魚屋の棒手振り、平助の母親を捜すことにした。母親の名前はわかっていなかったが、平助のことを話すと、

「それなら二丁目の弥兵衛店《やへえだな》だ。可哀想《かわいそう》なことになっちまったけど、定助どんも運がなかった」

と、浜で仕事をしていた年寄りが教えてくれた。

早速、弥兵衛店を訪ね、平助の母親おやすに会うことができた。狭い家には位牌《いはい》があり、線香の煙が漂っていた。

「でも、何でお侍さんはそんなことを……」

死んだ亭主のことを聞くと、途中でおやすは疑わしげな顔になった。

「おれたちは町方の手先なんだ。だから聞いてまわってるんだ」

官兵衛が無難にそう答えた。

「そうでしたか。それはご苦労様です。だけど、町方の旦那はひととおり調べただけで、二度と来ちゃくれないんです。気の毒だったなとはいわれましたけど、上辺《うわべ》だけの同情台詞《ぜりふ》でしたよ」

おやすは町方の調べが不服なようだ。

「亭主は殺されたという者もいるらしいが、そのじつ、どうなんだ？」

兼四郎におやすは真顔を向けてくる。日に焼けた肌にはしみが散らばり、しわも多くて深かった。

「あたしゃ亭主が溺れたなんて、いまでも信じちゃいませんよ。あの人は誰かに殺されたんです。他にもそんな漁師がいるんですから。うちの人の体には傷はなかったけど、他の漁師には刃物傷があったり、刺された傷があったんです。沈められた舟だってあるってのに、どうして町方の旦那はもっと調べてくれないんでしょう」

おやすは泣きそうな顔で訴える。

「そんな死人は、どのぐらいいるんだ？」

「あたしが知っているだけで、五人はいます。みんな漁仕事が好きな人たちばかりでした」

「五人……」

「初めて死体が見つかったのはいつだ？」

「三月末だったと思います」

「すると、三月ほど前からか……」

「殺された者たちが、誰かと悶着《もんちゃく》を起こしていたようなことはなかったか？　恨みを持たれていたとか？」

官兵衛が聞く。

おやすは目をしばたたいて、

「町方の旦那たちって、みんな同じことを聞くんですね。うちの亭主もそうですけど、他の人たちも、誰かに恨まれるようなことはしていませんでした。揉め事もなかったし……それなのに、なんでこんなことに……」

と、目に涙をためて、居間にある亭主の位牌を眺めた。

兼四郎はその後もいくつか聞いたが、おやすの口からは殺しの手掛かりになることも、下手人《げしゅにん》につながることも出なかった。

おやすの長屋を出ると、浜に戻って何人かに話を聞いてまわった。しかし、殺しの疑いはあるが、はっきりそうだという者はいなかったし、証拠も何もないと苦々しい顔をした。

浜の者たちも町方の調べに腹を立てていた。

「漁師同士の内輪《うちわ》揉《も》めだったのかもしれねえが、とにかくその証拠がねえからなんともいえねえと、御番所の旦那はさっさと引きあげちまって。あんなんでよくお役目が務まるもんだ」

その漁師は仲間の死を嘆き、町方をなじった。

「殺されたというはっきりした証拠がねえから、御番所の旦那は引きあげたんだろうが、おれたちはまたこうして調べ直しているんだ」

「お役人、ちゃんと調べてくだせえ。あれは勝手に死んだんじゃねえ。刀傷もあったんです。それが殺されたって証拠じゃねえですか」

「そうだな」

兼四郎は応じながらも、もはやその死体を見ることができないのを残念に思った。

さらに別の男や女に話を聞いたが、下手人につながる話は聞けずじまいであった。ただ、口をそろえて殺しだということだけが共通していた。

「殺されたというのはまことだろうが、何も手掛かりがないと先に進めぬ」

兼四郎が嘆息すると、

「町方の旦那たちは探索を打ち切ってるようですね」

と、定次が言葉を足した。

「その分、おれたちは動きやすいかもしれぬ。品川はどうかな」

「行くしかないだろう」

官兵衛はきっぱりいうと、先に歩き出した。

七

「孫三郎、これからどうする……」

縁側で西瓜《すいか》を食べ終えた孫兵衛は弟を見た。

「どうするって？」

孫三郎が西瓜の種をぷっと吹き出して顔を向けてきた。

孫兵衛はすぐには応じず、庭の先に目を向けた。

垣根の先には新堀川が横たわっている。河口なので舟の出入りも多く、潮の干満の差が大きい。土地の者たちは潮尻《うしおじり》と呼ぶこともある。

「どうもこうもない。これ以上の荒稼ぎはできぬ。いい気になってつづければ、そのうち痛い目にあう。もう潮時だ」

「やめるというのか……」

孫三郎は手拭いで口を拭いて兄の孫兵衛を見る。

「そのほうがいい。これまでやってきたことを考えればわかるだろう」

「せっかくのいい稼ぎなのだ」

「金は稼いだ。これ以上欲を出すことはない。うまくやってきたはずだが、殺しすぎた」

「兄上……」

孫三郎が冷たい目を向けてくる。

「後悔などせぬといったであろう。増井権之丞を斬って脱藩したときも、女々《めめ》しいことはいわなかった。おれたち兄弟は増井に、いや上役らに都合よく使われていたに過ぎぬ。口ではうまいことをいいながら、誰もがおのれのことしか考えておらぬ。上士ならまだしも、おれたち下士はいつまでたっても恵まれぬ。戦《いくさ》になれば捨て駒だろう。猿回しに飼われている猿と同じではないか。使い物にならなくなったら最後、見捨てられるのだ」

「そんなことをいっているのではない。おまえは海で稼ぐことができるといった。おれも銚子の漁師たちを見ていたから、いい考えだと思った。だが、人を殺《あや》めるつもりはなかったのだ」

「いまさらだが、ああいうことがあったからだ」

それは房州沖で鰹漁を終えた押送船を襲ったときだった。

孫兵衛は刀で脅《おど》しはしたが、斬るつもりなどなかった。しかし、味方の船頭が、逆らう相手の漁師を得物《えもの》の出刃《でば》で斬りつけたのだ。

それが発端となり、双方入り乱れての乱闘になった。相手は気の荒い海の男。中途半端な抵抗ではなかった。事態を収拾するために、孫兵衛は刀を使うしかなかった。

そのとき二人を斬った。孫三郎も二人を斬り殺していた。味方の船頭も殺されたが、相手は船上で斬られるか、深手を負って海に沈んだ。

「おまえのいいたいことはわかる。だが、やり過ぎた」

「手加減したら事がうまく運ばぬとわかったからではないか。力で押さえるしかなかった。手ぬるいやり方では無理であった。そうではないか」

「たしかに、そうだ。しかし、考えろ。おれたちが襲った漁師には仲間がいる。

金だけいただいて、そのまま見過ごしてやったやつもいる。おれたちのことが噂になっていてもおかしくはない。漁師らは警戒もしているだろう。いつ騒ぎになっても不思議はないのだ」

「そんな気配などないではないか」

「おれたちが気づいていないだけかもしれぬ。誰にも知られぬ沖合でのことであっても、町方の調べは当然あるはずだ。いや、いまも調べがつづけられているかもしれぬ」

「そうか……」

孫三郎は団扇を手に取ると、ゆっくりあおぎながら遠くを見た。

「もうやめだ」

孫兵衛がいうと、さっと孫三郎が顔を向けてきた。

「やめてどうする？ おれたちに行くところはないのだ。国許には二度と戻れぬ身なのだ」

「このまま江戸で暮らすか、それともどこか別のところへ行って暮らすか」

「どこで暮らそうとかまわぬが、金はいつまでもつづかぬ。金を稼ぐ手立てを考えなければならぬのだ。兄上にはその考えがあるのか？」

孫三郎がじっと見てくる。

「……それを考えているのだ。なにがよいかと。商売をやってもよいと思いもするが、果たしてうまくいくかどうか」

「やってみなければわからぬだろう。どんな商売がいい？」

「さあ、何がよいだろうか……」

「じつは、考えていたことがある」

孫兵衛は弟の顔を見た。

「剣術道場ならやれるのではないか」

「やるとしても、藩邸のある江戸ではできぬ。ならば在に行くしかないだろう。だが、いまは飢饉でどこの国も苦しい。剣術に入れ込む余裕のある者は少ないはずだ。孫三郎、おれもそのことはよくよく考えたのだ。それに……」

「それになんだ？」

「おれたちは剣術家としての名がない」

「ふむ、そうか、剣術道場は難しいか。ならば何ができるのだ……」

チリン、チリン、チリン……。

軒に吊るしている風鈴が、強い風に吹かれてしばらく鳴りつづけた。

「いずれにしろ、いまの〝稼業〟から手を引くとしても、仲間になった船頭らに話をしなければならぬし、舟の始末もある」

孫兵衛はゆっくり立ちあがった。

「兄上、本気で考えているのだな」

「冗談でこんな話はできぬ」

孫兵衛は弟を見下ろし、庭の先にある川に目を注いだ。

第三章　押送船《おしおくりぶね》

一

兼四郎たちは南品川猟師町《りょうしまち》で聞き込みを終えたところだった。

結果は芝浜で聞いたことと変わらず、

「ここも町方の調べは入っているが、詳しい調べはやっておらぬようだな」

と兼四郎がいうように、町方の動きはないようだった。

「房州の漁師と揉めることがあるという者がいましたね」

定次が兼四郎を見る。

「それに羽田浦《はねだうら》や大井御林浦《おおいおはやしうら》とも、揉めているという話もあった」

官兵衛が茶をすすりながらいう。

三人は北品川宿にわたしてある鳥海橋《とりうみばし》近くの茶屋にいるのだった。

目の前には川が流れている。これは目黒川《めぐろがわ》だが、猟師町はもともと砂州《さす》で、兜島《かぶとじま》と呼ばれていたらしい。以前は人家などなく、開幕後に漁師が移住させられて漁村ができたのだった。

河岸場には漁師舟が繋《つな》がれている。その数は三十は超えている。漁に出ている舟もあり、名主《なぬし》の話では八十艘以上は数えられるということだった。

「揉め事が発端なら、漁師らも見当がつくはずだ。だが、死んだ者たちと揉めていたというはっきりした相手はいない」

兼四郎は繋いである漁師舟を見ながら口を開く。

舟は流れに揺れ、互いの体をぶつけ合いながらコツコツと小さな音を立てていた。さざ波を打つ水面は傾きはじめている日の光を照り返している。

「房州からやってくる漁師と揉めていたというのは聞き捨てならぬぞ」

官兵衛がいう。その顔に浮かんでいる汗が、首筋に流れていた。

「房州か……」

つぶやく兼四郎は、行ったことのない地を思い描こうとするが、ぴんと来ない。

「品川と芝浜の漁師が揉めていたようなことはないんでしょうかね」

定次が首をひねったとき、二艘の舟が海のほうからやってきた。それぞれの舟には二人の漁師が乗っていて、口々に何か叫んでいる。

「おーい、おーい！」

「大変だ！　大変だぜ！」

岸壁で煙草を喫んでいたり、岸に舟を舫《もや》っていた漁師らがやってくる舟を見た。

兼四郎たちも、近づいてくる二艘の舟を見る。ずいぶん慌てている様子である。

「何かあったんだな」

兼四郎は腰をあげて舟へと近づいた。

「何が大変だってんだ！」

岸壁の上から漁師が声をかけるや、

「押送船を見つけたんだ。死体だ！　死体を乗せて浮かんでやがる」

舟に乗ったひとりが叫んだ。

「なんだと！　どこの押送船だ？」

「多分、相州だ。誰か手伝ってくれねえか」

兼四郎は後ろからついてきた官兵衛と定次を振り返った。

二艘の舟が岸辺に着けられると、兼四郎が声をかけた。

「おい、死体を乗せていたというが、どういうことだ?」

「そんなのわかりっこねえよ。ぷかぷか浮かんで流されてっから、おかしいなと思って見に行ったんだ。声をかけても返事もねえ。それで、飛び移って見たら仰天《ぎょうてん》だ。え、あんた町方の旦那じゃねえだろうな」

上半身裸で褌一丁の漁師は、兼四郎をしげしげと見る。その間に、河岸場の漁師らが近くに集まってきた。

「文次《ぶんじ》、舟はそのままか?」

腰の曲がった老漁師が、舟を着けたばかりの漁師に声をかけた。

「この舟もあるんだ。引いてくることはできねえし、ずいぶん沖だからな」

文次と呼ばれた漁師は汗だらけの顔を掌で払った。

「骸《むくろ》はいくつあるんだ?」

「おっかねえし、たまげたからよく見てねえよ。だけど三人は死んでた。どうすりゃいいんだ、徳三《とくぞう》さん。あのままじゃどっかに流されちまうぜ」

「みんなで引き戻しに行こう。そのままってわけにはいかねえだろう」

徳三という老漁師は近くにいる仲間を振り返った。

「聞いただろう。誰か手伝ってくれ。舟を取りに行く」

徳三はしわ深い顔にある目を険《けわ》しくして、漁師らを眺める。おれが行くという者が前に出て、さらにもうひとり前に出てきた。

「ようし、それじゃおまえたち、手伝ってくれ」

徳三はそういってから文次に顔を戻し、

「文次、おめえはその舟まで案内しろ。おれは番屋に行って、どうしたらいいか相談しておく。どれぐらいで戻ってこれる？」

「まあ、半刻（一時間）はかからねえだろう。日の暮れまでには間に合うはずだ」

「じゃあすぐ行ってくれ。おい、おまえたちも」

徳三は名乗りをあげた漁師らを見て、文次のあとにつづけと指図《さしず》した。

「ちょいと待ってくれ」

兼四郎だった。

「すまぬが、おれも乗せて行ってくれぬか」

「……お侍は？」

徳三は兼四郎を品定めするように見た。答えたのは定次だった。

「浦賀奉行様の差配で舟改《ふなあらため》をやっておられる方だ」

定次のとっさの機転だったが、兼四郎は、

（おいおい、そんなことをいって後々どうするのだ）

と、内心でぼやいた。

「では、お役人で……」

目をまるくして尋ねる徳三に、兼四郎は暗にうなずいた。

二

兼四郎は文次の舟に乗せてもらった。舟の中ほどに座り、舷側《げんそく》をつかみ、目を沖へと向ける。

「お役人様、お名前は何とおっしゃるんで？」

文次が櫓を漕ぎながら話しかけてくる。股引に裸足《はだし》、日に焼けた胸をさらけ出し、膝切りの着物を帯にたくし込んでいた。

「八雲だ」

「八雲様ですか。死人を見て驚かないでくだせえよ」

「ああ」

文次は櫓を漕ぎつづける。もうひとり漁師がいて、その男もぎっしぎっしと櫓を漕ぎつづけていた。

舟は波をかき分けて進む。陸地から見るとさほど波はないように見えたが、実際はゆったりと大きくうねっているので、舟は上下に揺れた。

それでも漁師は慣れているらしく、器用に舟を進める。背後に二艘の舟が適度な間隔を取ってつづいていた。

舟にはそれぞれ三人の漁師が乗っていた。兼四郎を入れて、都合九人で沖に向かっているのだった。

兼四郎は揺れる舟から落とされぬようにしつつ、周囲の海を見まわした。はるか先に帆を立てた舟が数艘見える。遠目ながらも網漁をしているとわかった。

乗っている舟にも投網《とあみ》が入れてあり、小さな魚や貝の死骸があった。海は傾いた日の光を受けてきらきらと輝いている。押送船は見えない。

「まだ先か？」

兼四郎は気になって文次に声をかけた。

「もうちょい先です。ああ、あそこに黒い影が見えるでしょう。あれですよ」

兼四郎は文次の指さすほうを見た。それは西のほうにあり、日を背負っているので黒く見えた。距離は五町ほどあるだろうか。

「文次、町方はこの海に出て調べをしたのか？　殺されたとおぼしき死人が出たと聞いたのだ」

「出ました」

文次が硬い表情を向けてきた。

「町方の旦那は通り一遍《いっぺん》の調べをしただけで、殺しだとしても証拠がねえからと引きあげちまったんです。海になんか出てきやしませんよ」

「おまえたちは、死んだ漁師は殺されたと思っているのだな」

「誰でもそう思っていますよ。だって、刃物傷があったんです。町方は、誤っててめえの使っている包丁で斬ったんだろうとぬかしやがった」

そういったあとで「あ、すいません」と、ばつが悪そうな顔をした。

「わたしもその死体を見てみたかった。さすれば、ちがう調べができたかもしれぬ」

「八雲様のような人が町方だったらよかったんだ。このままだと、死んだ野郎たちは浮かばれねえ。女房も子供もいるんですぜ」

芝浜の漁師も同じようなことを口にした。

町方は面倒を省くために海難事故で片づけたのだろう。人目のない沖合でのことだから探索は困難だろうが、あまりにもあっさり調べをあきらめたように聞こえる。

文次のいう押送船は、もう目と鼻の先にあった。

「舟をつけますぜ」

文次が櫓を器用に操って、押送船の横につけた。

兼四郎は立ちあがって、押送船に乗り移った。とたん、異臭が鼻をついた。死体はすでに腐っていた。鳥たちについばまれたらしく、目や口が穿《うが》たれ、もはや顔の形を留めていなかった。

「こりゃあ、ひでえな」

別の舟でやってきた漁師が、舷側につかまってのぞき込むなり、顔をしかめた。

兼四郎は手拭いで鼻を押さえ、舟の様子を仔細《しさい》に観察した。舟板や舟底に血痕《けっこん》があった。黄ばんだ白い帆にも血飛沫《ちしぶき》の跡があった。

死体は三つである。櫓臍《ろべそ》が六つあるので、六挺櫓の舟だとわかった。

「どこの舟かわかるか?」

兼四郎は文次に聞いた。

「極印《ごくいん》があります。相州のですよ。相州のどこから来たのかわかりませんが……」

その極印は舳《へさき》のすぐ脇にあった。海水と風にさらされくすんでいるが、焼きつけられた極印をたしかめることはできた。

「これでは死体は運べぬな」

死体は腐敗が進みすぎている。死体の持ち物をあさってみたが、身許につながるようなものは何も発見できなかった。

「八雲様、舟はどうします?」

文次が聞いてくる。

「浜まで戻せるか?」

文次は仲間の漁師と短く相談し、

「じゃあ、あっしらが漕いで浜に戻しましょう」

と、押送船に乗り込んできた。他に三人の漁師があとにつづいた。兼四郎はそ

双葉文庫
ルーキー大賞
WEB投稿で即デビュー！
双葉文庫ルーキー大賞
原稿募集！
https://www.futabasha.co.jp/rookie_taisho/

こんにちは。
双葉文庫《ふたばぶんこ》の新キャラクター
“たばぶー”です。
よろしくどうぞ。
たばぶー
双葉文庫 WEB版 新刊案内
https://www.futabasha.co.jp/futababunko/

のまま押送船に残り、共に戻ることにした。調べようのないほど腐敗の激しい死体をどうするか話し合い、結局は海に放ることにした。

その頃、猟師町の岸壁に残った官兵衛と定次は、沖に向かった漁師の戻りを待つ浜の者たちから新たな話を聞いていた。

他殺の疑いがある死体が最初に見つかったのは、

「三月末でしたよ。褌一丁の素っ裸で艫板《ともいた》にもたれて死んでいたんです。獲《と》った魚は何にもないし、投網もありませんでした。どうして死んだのかわかりませんでしたが、そのつぎに見つかった死体には、刃物傷があったんです。みんなそれを見てんです。ですが、町方の旦那が調べに来たときには、もうその傷は腐っていましてね。いえ、傷だけじゃなく死体が腐りかけていたんです。それで早く埋めるしかないということになっちまって。あれじゃ素人目で見ても調べようがないですよ」

そう話すのは、自身番《じしんばん》からやってきた年寄りの店番だった。

「他にも、殺されたのではないかという死体があっただろう。漁師たちも、あれは殺されたといっているが……」

「ありました。三月末から六人、死人が出ていますが、そのうち四人は殺しの疑いがありました」

「なのに、御番所の同心はおざなりの調べしかしなかった」

官兵衛が聞く。

「手前どもが、これはあきらかに殺しだと訴えたんですけど、同心の旦那が見えたときには死体が腐りかけていましてね。蠅《はえ》もたかり蛆《うじ》も湧いている按配で、傷がわからなくなっていたんです」

「そういうことだったか……」

納得したようにつぶやいたのは、定次だった。

「どういうことだ？」

官兵衛は定次を見た。

「ここは御番所から遠いです。与力や同心の住む八丁堀《はっちょうぼり》からも遠い。それぞれに抱え持っている厄介《やっかい》ごともあります。知らせを受けても、すぐには馳《は》せ参じられないんです」

「なるほどな」

官兵衛は太い腕を組んで暮れはじめた空を眺めた。定次は以前、隠密廻《おんみつまわ》り同心の小者を務めていたから説得力がある。

「それにしても遅くはないか」

官兵衛は海に目を向けた。

そのとき、岸壁の先のほうにいた男が、戻ってきたぞと、声を張りあげた。岸壁にいた者たちは、ぞろぞろとそちらに移動した。

三

品川沖の海は黄金色に輝いていた。

暮れかかった海には漁師舟は一艘も浮かんでいない。浜の上を舞っている海猫《うみねこ》の鳴き声に、蟬時雨が重なっていた。

兼四郎たちは、猟師町の対岸にある問答河岸《もんどうがし》そばの茶屋で休んでいた。

「では、手掛かりは何もないということか……」

兼四郎の話を聞いた官兵衛が、ため息混じりにつぶやいた。

「浜まで引っ張ってきた舟には極印があった。漁師らは相州の舟だというが、相州のどこから出たのか、誰が乗っていたのかまではわからぬ」

「死体が腐っていれば無理もありません」

定次が首を振って嘆息する。

兼四郎は沖に浮かんでいた押送船に乗り込んで、仔細に船内を調べたが、殺しと断定する決め手は、血痕ぐらいしかなかった。調べにあたった町方も、相手が腐乱死体ではどう対処すればよいかわからなかったのだろう。

漁師たちは腹を立てているが、町方もはっきりと殺しだという証拠がなければ安易に動かない。

「それじゃ、どうするよ」

官兵衛が兼四郎と定次を交互に見る。

兼四郎はあかね色に染まっている空を眺めてしばらく考え、おもむろに口を開いた。

「死んだ、あるいは殺された品川の漁師たちは、みんな腐っていた。これまでの話からすると、そうだな」

定次と官兵衛は同時にうなずく。

「芝浜の死体はどうだったのだろうか？　やはり、町方が来たときには腐っていたのか？」

「この季節です。あっという間に腐りはじめるでしょう。それに海猫や鳶《とんび》の餌《えさ》にもなります」

「死んで二日は持たないか？」

「二日持てばいいほうでしょう。この暑さです」

定次が少し考えてから答えた。同心の手先仕事をやっていた経験があるので、その辺のことは兼四郎より一日の長がある。

「魚屋の平助の親は、そうではなかったのでは……」

「浜の漁師たちは傷を見たと口を揃えていましたね。だけど、同心の旦那たちが来たときには遅かったのかもしれません」

「だから調べはおざなりに終わったということか」

「つまり、この一件に町方は出てこないということではないか」

官兵衛は兼四郎を見る。

「……かもしれぬ」

「もう一度、芝浜で聞き込みをやりますか」

定次だった。

「やってもいいが、漁師たちの話を信じるならば、襲った者がいるはずだ。そやつらはどこから来て、どこへ消えたのだ？」

押送船に乗っているときに感じた兼四郎の疑問だった。さらに言葉をついだ。

「海賊まがいのことをしたやつらは、舟を持っていなければならぬな。それも、その辺の漁師舟ではないだろう。足の速い舟と考えるべきではないか」

「漁師舟を襲えば、いかほど金になるんだ？」

官兵衛が定次を見て兼四郎を見る。兼四郎が答えた。

「さっき文次という漁師に聞いたが、いいときで二両だといっていた。もっとも押送船ならその十倍から二十倍稼ぐこともあるらしい」

「すると、日に四十両稼ぐ漁師がいるということか」

官兵衛が驚く。

「六挺櫓の舟なら、その六人で分けることになるだろう。それでもひとり六両は固い。ただし、毎日そうだというわけではない。時化《しけ》れば漁は休まなければならぬし、獲れない日もあるというからな」

「だが、稼ぎのある舟を襲ってぶんどれば楽な仕事だ」

「たしかに……」

「おかしな漁師の死体が見つかったのは、三月の終わり頃からでしたね。芝浜の漁師もその頃に妙な死に方をしていたはずです」

定次は深刻な顔になっていた。

「つまり、三月末から、浜の者たちがいう海賊が出るようになった、そういうことか」

官兵衛が定次に応じた。

「漁師を襲ったその海賊は、魚を金に換えなければならぬ。すると、魚を卸《おろ》しに行ったということになる」

兼四郎はぬるくなった茶に口をつけて考えつづける。

「それじゃ、日本橋の魚河岸に」

定次が答えた。

「いやいや、それもあるかもしれねえが、もっと手っ取り早いやり方がある。市場で魚を卸して戻る舟を襲ったらどうだ。帰りの漁師らは金を持っている。魚を積み替える手間も省けるし、楽ではないか」

官兵衛の言葉に、定次が「そうか」と感心した。

「いや、念のために魚河岸をあたってみよう。市場の者が見慣れない漁師と取り引きしているかもしれぬ。そやつらは品川や芝浜には出入りしていないはずだ」

兼四郎はあれこれ考えながら話す。

「すると、やはり日本橋ということになりますね」

定次はそういったあとで、言葉を足した。

「でも、今日はもうできません。明日の朝ということになります」

「仕方なかろう。その前にもう一度、芝浜に行こう」

「兄貴、もう日が暮れるぜ。今日はどこかに宿を取るのか?」

官兵衛がゆっくり立ちあがって聞いた。

「そうしよう。その前に芝浜で聞き込みだ」

兼四郎も立ちあがった。

四

「いきなりやめるといわれても、いくらなんでも急すぎるんじゃございませんか」

船頭の力三《りきぞう》はぐい呑みの酒を飲むと、大きな掌で口を拭いて九鬼孫兵衛と孫三郎をにらむように見た。

そこは湊町から新堀川を上った赤羽橋《あかばねばし》そばの一軒家だった。力三の他に三人の船頭がいる。いずれもひと癖も二癖もある男たちだが、船頭としての腕はたしかだ。みんな脛に傷を持ち、まともな職には就けない事情を抱えている。

「急も何もない。よくよく考えてのことだ。物事には潮時がある。このままいい気になって同じことを繰り返せば、必ず痛い目にあう。町方だって動いているだろう」

孫兵衛は諭《さと》すが、力三は納得いかなそうに仲間を見回す。

「話を持ちかけてきて、今度はその仕事をやめると……勝手すぎやしませんかい」

「筋を通すためにその相談をしているのだ。勝手なことではなかろう」

「おめえらどう思う」

力三は仲間に水を向けた。

「いい稼ぎになるのに、やめるなんざもったいねえ」

大きな額を持つ島次《しまじ》が息まく。

「九鬼の旦那さんらが抜けるのは勝手だ。おりゃあ、やめる気はねえさ」

味噌《みそ》っ歯《ぱ》の五郎助《ごろすけ》が追随すれば、もうひとりの藤吉《とうきち》もやめないと叫んだ。

「さようか。では、あの舟を買ってくれるか。あの舟は弟が持ち込んだのだ。それは存じておろう」

力三はしかめっ面《つら》をした。

「まあ、ただってわけにゃいかねえでしょうが、いくらで譲ってくれるんで？」

「さしずめ五十両で手を打とうか」

孫三郎がいった。もっとも持ち込んだ早舟は、三番瀬の漁師をうまく騙して奪い取ったものだった。

「そりゃ、ちと高すぎますぜ」

「ならば他の漁師か船頭に売るだけだ」

「けっ、これだから侍は信用できねえんだ。うまい話を持ちかけてきて、こっちがその気になってやってるっていうのによ。旦那、この稼ぎはおれたちがいなかったらできなかったんだ。わかってんでしょうね」

力三は反抗的な目で九鬼兄弟を威嚇《いかく》するようににらんだ。

「わかっておるさ。だから分け前を等分にしたのだ」

「それで旦那らは懐をぬくめた。おれたちがいなかったら稼げなかった。そうでしょう」

「いかにも。だが、舟はおれたちのものだ」

「ちょい、お待ちを」

味噌っ歯の五郎助だった。孫兵衛と孫三郎は顔を向けた。

「旦那らは舟のことを知らないようですね。いくらなんでも五十両はないですぜ。それだけの金がありゃ、新しい早舟を造れるんです。ありゃあ古い舟だ。それに六挺櫓といっても、五十両はしねえ。せいぜい、二十両が関の山だ。伊達《だて》に船頭やってきてんじゃないんです。甘く見ねえでくだせえよ」

孫兵衛は弟を見た。小さく目顔でうなずく。この辺は相談ずみなので、目論見《もくろみ》どおりだった。

「よかろう。ならば二十両で手を打とう」

孫兵衛が答えた。

「十五両です」

力三が即座に応じ返した。

しばしの沈黙。孫兵衛の目の前を行灯の煙が流れていく。そばの蚊遣りの煙も、表から吹き込んでくる風に流された。

「わかった。おまえたちには世話にもなった。十五両でいいだろう」

孫兵衛は沈黙を破って、目の前の四人の船頭を眺めた。

「だけど、いまはなしですぜ。金の都合をしやすから、二、三日待ってくだせえ」

「では三日待とう」

孫兵衛が請け合えば、

「約束を違《たが》えたら、おれは黙っておらぬからな」

と、孫三郎が船頭たちをにらんだ。

「信用してくださいな」

力三は口の端に不敵な笑みを浮かべた。

九鬼兄弟は力三の家を出ると、新堀川沿いの道を辿った。柳の枝葉が夜風に揺れ、ときどき夜蟬が鳴く。どこからともなく犬の遠吠《とおぼ》えも聞こえてきた。

「やつら、また海に出て稼ぐつもりだろうが、この時季の漁師の上がりは多くない。金を作れるかな」

孫兵衛は提灯を孫三郎に向けた。

「作れるだろう。鯛漁をやっている舟がある。鯛は高値で卸せる。海老もある」

「そうであろうが、やつらは四人だ。うまくいけばよいが……」

「兄上、何を心配する。おれたちは何もしなくていいのだ。やつらが稼いだ金をそっくりいただけばいいのだ」

孫兵衛はギョッとした顔を弟に向けた。

「おまえ……」

「ここまで手を染めたのだ。船頭ごときに嘗《な》められてたまるか」

孫三郎は冷たい笑みを浮かべ、そうではないかと、兄を見返した。

「おまえは変わったな」

孫兵衛は歩きながらつぶやきを漏らした。

弟に冷徹な面があるのはわかっていたが、その性分が強くなっている。あっさり人を斬るようになったし、残忍な殺しをしても何食わぬ顔をしている。

「ああ、変わったさ。変わらずにいられようか。何もかも増井権之丞のせいではないか。あのくそ代官のお陰で、おれたちは脱藩するしかなかった。そしてこうなった」

「妻や子のことを考えたら、おまえは刃傷沙汰を起こさなかったはずだ」

「おれを責めるのか」

孫三郎がキッとした顔を向けてきた。

「いまさら後悔などして何になる。おれたちは墜《お》ちるところまで墜ちたのだ。あとは鬼となって生きるだけではないか。妻も子も、そして国も見捨てたのだ」

「……………」

孫兵衛は黙り込んだ。

たしかに孫三郎のいうことには一理ある。だが、何かがちがうと孫兵衛は思う。だからといって弟にいうべき言葉は見つからなかった。

「そうだな。何もかも捨てて、一から出直しているのであるからな」

「そうさ。これからは誰の指図も受けず、誰にぬかずかずともよい生き方をするのだ。それしかないだろう」

孫兵衛は小さく息を吐き、空に浮かぶ月を見あげた。

「近々、この地を離れねばならぬな。さて、どこへ行ったらよいものやら」

「やつらの金を手にしたら江戸を離れる。それが無難だ」

孫三郎はそういったあとで、飯を食って帰ろうとつけ加えた。

五

昨夜、兼四郎たちは改めて芝浜の漁師らに話を聞いたが、これといった新しい話は聞けなかった。

結局、芝金杉《しばかなすぎ》にある安旅籠《やすはたご》を早々に引き払って、日本橋の魚河岸に向かっていた。

時刻は六つ（午前六時）を過ぎたばかりだった。すでに表はあかるく、早出の旅人や行商人らとすれちがった。

そんな客をあてこんだ一膳飯屋やけんどん屋、あるいは橋のたもとで商うそば屋などが店開きをしていた。

日本橋をわたり本船町《ほんふなちょう》に入ると、そこは人の群れだった。河岸地には漁を終え、魚をおろしに来た舟が数え切れないほど舫《もや》ってあり、またその河岸を離れる舟も、日本橋川を上ってくる舟もあった。

魚を競り落とす仲買の声、魚屋の声、威勢のよい漁師らの声に交じり、江戸中の料理屋から仕入れにやってきた者たちの掛け合う声が渾然一体《こんぜんいったい》となっている。炊《た》かれた釜《かま》から立ち昇る湯気が霧《きり》のように広がっており、釜炊きの煙も充満している。加えて人いきれがすごい。路地に入ると、肩を斜めにしなければ先に進めないほどだ。

日に千両は落ちるという魚河岸には、本船町、本小田原町《ほんおだわらちょう》、按針町《あんじんちょう》などに問屋や仲買、販売専門業者などがいて、その数およそ五百人だという。そこへ漁師や仕入れにやってくる客などがいるから、混雑するのも無理はない。

とにかく、人、人、人……。

呼び込みや掛け合う声、声、声で活気に満ちあふれている。

魚は江戸近海はもとより、房州、相州、遠州《えんしゅう》、豆州《ずしゅう》などからも運ばれてくる。海の魚はもちろん、淡水魚も含まれていて、貝類や昆布、若布《わかめ》などもある。

兼四郎は官兵衛と定次と、手分けして聞き込みを開始した。

調べるのは見慣れない不審な漁師舟が、魚を卸しに来なかったかということだ。兼四郎は路地に入ると、生け簀《いす》に魚を放り込んでいる漁師や、店の者に声をかけていった。

誰もがせわしなく動いているので、受け答えする者たちは揃ったように早口だった。

「見慣れない漁師ですか？　うちはだいたい決まった漁師しか来ねえですからね。新参の者は、大方贔屓の者が取り次ぎをしてくれんです」

兼四郎はつぎの店に足を運ぶ。そこは大きな釜で蛸《たこ》や烏賊を茹《ゆ》でていた。

「そりゃ、いつごろですかい？」

「おそらく三月の終わりか四月の初めだ」

「新参の漁師だったら、すぐにわかりますからね。うちには来てねえですよ」

ここもだめである。

市場には食い物屋もあり、そこで立ったまま うどんや飯を食っている者たちもいた。兼四郎は手当たり次第に声をかけていったが、これといった話を聞くことはできなかった。

だが、卸されたばかりの魚を捌いている男が、

「新参の漁師なら、河岸場に舟をつけている漁師が知ってんじゃねえでしょうか」

という。

それもそうだろうと思い、日本橋川にある河岸場に足を運ぶ。

ここには四つの河岸場がある。日本橋寄りから芝河岸、中河岸《なかがし》、地引河岸《じびきがし》、そして高間河岸《たかまがし》だ。

「何でそんなことを聞くんです？」

舫いをほどき、舟を出そうとしていた漁師が尋ね返してきた。

「芝浜と品川の漁師が妙な死に方をしている。殺されたのだという者もいるし、海賊に襲われたという話も出ている。ひょっとすると、この市場に出入りしてい

たのではないかと思ってな」

「すると、お役人さんですか」

「さようだ」

兼四郎は疑われないようにそう答えた。

「そんな話はいま、初めて聞きましたよ」

何のことはない。漁師は何も知らなかった。兼四郎は根気よくつぎの漁師に声をかけていくが、引っかかる話は聞けないままだった。

あっという間に刻がたち、魚河岸の人混みも幾分少なくなってきた。

「旦那、旦那」

聞き込みの途中で、定次が慌てて声をかけてきた。

「どうした、何かわかったか？」

「へえ、気になる漁師がいるんです。どうも今度の件とつながってるような……」

兼四郎はかっと目をみはり、

「そやつはまだいるのか？」

と、聞き返した。

た。

「へえ、旦那からも話を伺いたいというんで、待っています」

兼四郎はすぐに定次の案内を受けて、高間河岸に舟をつけている漁師に会った。

その漁師は小田原から来ており、いまは鯛漁専門だと話した。鯛は高級魚だから高値で売れるのだ。しかも、舟は六挺櫓の押送船だった。

「仲間の漁師が戻ってこねえことが、二度も三度もあるんです。江戸に出たきり帰ってこねえんで、途中で沈んだんじゃねえかと浜の連中はいうんですが、そんなことはねえはずなんです。天気を見て、時化たときにはことさら用心するのがあっしらですからね」

「それはいつ頃の話だ？」

「三月末からでしたかね。あの頃は鰹が高値で売れるんで、あっしらはこぞって鰹漁をやります。積み過ぎたというやつもいますが、そんなこたァ信じられねえこってす」

時季になると鰹一本に二両や三両もの値がつくこともある。その時季は鰹漁で一稼ぎできるから、漁師たちは目の色を変える。

「昨日のことだが、一艘の押送船が見つかった。極印はあったものの、どこの船か見当はつかぬ。三人の船頭が死んでいて、もう腐っており、顔もはっきりしなかった」

「死んでいた……」

漁師はぽかんと口を開け、目をまるくした。

「血の痕が帆や舟板にあった。ひょっとすると殺されたのかもしれぬ」

「殺されたって、そりゃいったい誰に？」

「それはおれが知りたいことだ。何か気になるようなことはないか？」

「そういや、妙な舟を見たというやつがいました」

漁師は宙に視線を彷徨《さまよ》わせてつぶやいた。

「どういうことだ」

兼四郎が身を乗り出すようにして詰めると、漁師は記憶の糸を手繰《たぐ》るような顔をして口を開いた。

「漁をしている様子もねえのに、沖に止まったままの舟があったというんです。あっしの舟と同じ六挺櫓で、仲間の舟でも待っているのかと思ったらしいんですが、行きも帰りも同じ舟が同じようなところにいたというんです」

「その舟は六挺櫓だったのだな」

「へえ、同じ押送船だったといってやした」

「どこの舟だったかわからぬか？」

「いや、それは……」

漁師はわからないと首をひねった。

話はそこまでしか聞けなかったが、芝浜の漁師らがいう「海賊」が、その押送船なのかもしれない。

話をしてくれた漁師が河岸場を離れ、日本橋川を下っていったとき、官兵衛がやってきた。

「兄貴、妙な話を聞いたぜ」

六

兼四郎は官兵衛を振り返った。

「どんな話だ？」

「押送船は相州や房州からも来るが、ときに遠州や銚子のほうからもやってくるらしい。特に鰹漁のときに多いという」

「ふむ」

「話してくれた漁師がいうには、遠方からやってきたのではなく、江戸の浜から出てきたらしき六挺櫓があったというんだ。それも漁などしていなかったと。ところが、この魚河岸に鰹を卸しに来ている」

「漁もせずに……」

兼四郎は眉宇《びう》をひそめた。

「そうだ。その舟を見たのは一度ではなかった。二度ばかり、この魚河岸で見ている。そして、同じ舟が芝浜沖にいたという。潮待ちしているのかと思ったらしいが、そうではなかったというんだ」

「話してくれた漁師は？」

「急ぎの用があるからと帰っちまった。だがそやつは、その六挺櫓の押送船が芝浜のほうに戻っていくのを見ている。どう思う……」

「舟に乗っていた漁師の顔を見ているのか？」

「見慣れない漁師だったというだけだ。ただ六人のうち二人は、漁師には見えなかったらしい」

「気になるな。話をしてくれた漁師に会えないか。おれも聞いてみたい」

「ならば、深川《ふかがわ》まで行かなきゃならぬが……」

「行けば会えるのだな」

官兵衛はうなずいた。

兼四郎たちは魚河岸での聞き込みを切りあげ、そのまま深川に足を向けた。

官兵衛に話をしたのは、猪吉《いきち》という大島町《おおじまちょう》に住む漁師だった。その町屋は南側が大島川に面しており、河岸場には何艘もの漁師舟が舫ってあった。その日の仕事を終えて片づけている漁師もいれば、新たな漁に出る漁師もいた。

網を片づけていた漁師に猪吉のことを訊ねると、

「頭《かしら》の猪吉さんなら、寄合《よりあい》ですぐそこの番小屋にいるはずだ」

と、大島橋のそばにある小さな建物を教えてくれた。

そちらに向かうと、戸口から数人の男たちが出てきた。みんな近くの漁師のようだ。

「あいつだ。あの男だ」

官兵衛がめざとく猪吉に気づいて声をかけた。

猪吉は一瞬驚いた顔をして、

「何だ、さっきの旦那ですか」

と、首にかけていた手拭いを抜いて近づいてきた。

「おれに話をしてくれたことを、もっと詳しく教えてもらいたいんだ。こちらは上役の八雲様だ」

官兵衛が兼四郎を紹介すると、猪吉は少し畏《かしこ》まった。

「これはまた、お役人さんが何の調べなんです？」

猪吉は役人だと思い込んでいる。兼四郎はそう思わせておくことにして、猪吉が見たという押送船のことを聞いた。

「あっしは芝浜沖で網漁をやっているんで、あの辺に来る漁師のことは大概《たいがい》知ってんですが、あの押送船はおかしいんです。遠くから来たふうでもねえし、沖に漁をしに行ったふうでもねえ。だから気になっていやしてね」

猪吉は大まかなことを話してから、首筋に流れる汗をぬぐう。

「その舟に乗っているのは漁師だった。しかし、おまえの知らない顔だった」

「さいです」

「顔を覚えているか？」

兼四郎の問いに猪吉は首をひねって、もう忘れたといった。

「魚河岸でもあの舟の連中を見たんですが、そのなかの二人はどこから見ても漁師にも船頭にも見えなかったです。漁師や船頭には、海や魚の臭いが染みついてるからわかるんですよ。ああ、こいつらは余所《よそ》もんだなと思ったぐれえですが……」

「その舟が芝浜のほうに戻っていくのを見たらしいが、どこへ行ったかわからぬか？」

「いやあ、行った先までは見ていねえんで……」

「芝浜界隈にも押送船はあるのか？」

「そりゃあ、ありますよ。四挺櫓から六挺櫓まで揃っていやす。もっとも数は多くないですがね」

兼四郎は近くの河岸場を眺めてから猪吉に顔を戻した。

「この近くで早舟を使っている漁師もいるのか？」

「何人かいます。ずっと沖へ行って大物を狙うんですが、いいときもあればよくねえときもあるといった按配です。なにせ漁師の相手は魚ですから、人間の思いどおりにはかかっちゃくれません。いってえ、なにを調べてんです？」

「不届きな漁師がいるのだ。いや、忙しいところ邪魔をした」

兼四郎は余計な詮索をされるのを嫌がり、そのまま猪吉と別れた。

「どうするんだ？」

官兵衛が隣に来て聞く。

「猪吉は芝浜にも押送船があるといったな。その舟をあたりたい」

「また後戻りか……」

官兵衛はそういったあとで、

「兄貴、飯はどうするよ。まだ朝飯を食ってないんだ」

と、大きな腹をさする。

「どこか適当なところで腹拵《はらごしら》えをするか」

「旦那、猪吉は芝浜のほうに気になる押送船が戻ったといいましたが、他にも舟を持っている漁師の住む浜はあります」

定次がそばにやってきて兼四郎と官兵衛を見た。

「どこかわかるか？」

「芝浜から品川にかけての浜には漁師がいます。当然早舟を使う漁師もいるはずです」

「まずは芝浜に行ってみよう。そこでわからなければ、他をあたるしかなかろう」

「兄貴、飯だ。飯を食おう」

また官兵衛が催促する。

七

九鬼孫兵衛は湊町の家で刀の手入れをしていた。

午後の風は生暖かく、じっとしていても汗が浮いてくる。孫兵衛は打ち粉を終え、仕上げに拭い紙で曇《くも》りを取り、しばらく刀身を鑑賞した。

業物《わざもの》ではないが、ときには手入れをしなければ、どんな名刀でも知らぬ間に錆《さ》びたり目釘《めくぎ》がゆるんだりする。

手入れを終えて鞘《さや》に納めたとき、昼前に家を出て行った孫三郎が戻ってきた。

「いやな話を聞いてしまった」

座敷に上がってくるなり、孫三郎は深刻そうな顔を向けてきた。

「なんだ？」

「芝口橋《しばぐちばし》をわたった先で、知っている男を見かけたのだ。江戸藩邸に詰めている勤番だ。樋口《ひぐち》と沖中《おきなか》だった」

「……もしや、公事方《くじかた》の樋口勇五郎《ゆうごろう》と沖中右京《うきょう》」

「さようだ」

孫三郎は切羽詰《せっぱつ》まったように膝を詰めてくる。

「顔は見られなかったが、気になって後を尾《つ》けてみた。すると尾張町《おわりちょう》にある飯屋に入った。おれは気づかれないように、様子を窺《うかが》った。あやつらが窓に近いところに座ったので、おれはそのすぐ表で聞き耳を立てたのだ。あの二人、目付《めつけ》になっていた」

「目付に、あの者たちが……」

孫兵衛は二人の男をよく知っていた。公事方の同心だった者だ。だが目付になったと聞き、少し意外に思った。

「そうだ。それが、おれたち兄弟のことを話していたのだ」

「なんと」

孫兵衛は眉《まゆ》を大きく動かして弟をまじまじと見た。

「銚子陣屋を飛び出したおれたちが、江戸に隠れ住んでいるかもしれぬというのだ。あの二人、おれたちを捜している。いや、おそらくあの二人だけではなかろう。江戸詰の者たちにはその旨《むね》の触れが出ているはずだ」

「……そうか」

孫兵衛は唇を嚙んだ。

「おれが斬った増井権之丞は傷が深かったらしく、あれから半月後に死んだと、さような話もしていた」

「やはり死んだか……。ただの刃傷でも御法度《ごはっと》を破ったおれたちだ。増井殿が死んだとなれば、藩が目の色を変えるのは道理だろう。相手は代官職にあった男だからな」

「おれたちの妻や子がどうなったか知りたかったが、まさか問い詰めるわけにもいかぬ。二人が店を出たところで戻ってきた次第だ。兄上、江戸は安泰ではないぞ」

「わかっておる。だが、おまえの犯した代官殺しは表沙汰にはならぬはずだ。藩内で片づけなければならぬ一事。表に出せば藩はもとより御前の面目《めんもく》に関わることだ」

「さようなことはどうでもよい。江戸はいよいよ落ち着けぬ場所になった」

「狼狽《うろた》えるな。目付がおれたちを捜していようが、ここを突き止めるのは容易なことではない。だが、これで国許には一生帰ることができぬというのがはっきりした」

「さようなことは端《はな》からあきらめているではないか。問題はこれから先だ。力三らに金を工面させる算段をしているが、一刻も早いほうがいい。今朝、やつらは舟を出している。もう一稼ぎしたかもしれぬ」

「うむ」

孫兵衛は、はだけていた着物を整えながら表に目を向けた。

まだ日は高い。かしましく蟬たちも鳴いている。

「夕刻にでも力三らに会ってみるか。急かすような真似はしたくなかったが、おまえの話を聞いたからには、やはり早いほうがいいだろう」

「話がついたら、そのまま江戸を去るか」

「そのつもりでいよう。どこへ行くかは、それまでに考える」

孫兵衛はチリンと鳴った風鈴を眺めた。


その頃、力三たちは芝浜沖から帰ってきたばかりだった。舟を舫うと、力三の借りている一軒家に入って金勘定をはじめた。

稼ぎは少なく、力三の顔は渋い。

「いくらある?」

でこの島次が聞いてきた。

「八両もない」

「けッ、たったそれだけ……」

味噌っ歯の五郎助があきれたように首を振る。

「力三さん、あの二人に本気で払うつもりですかい？」

藤吉が上目遣いで見てくる。その目は、金の取り引きには応じなくていいといっている。

「おめえ……」

力三は言葉を切ってから、

「そうだな。馬鹿正直にいいなりになることたァねえな」

と、思案顔をした。

「どうする？　あの舟ごと家移りをするか？　それとも……」

五郎助も藤吉の考えを読み取ったようだ。

「やっちまってもいいが、あの二人、容易《たやす》くやられはしないだろう」

島次が声をひそめて、戸口のほうに目をやった。

「どっちがいいかな。藤吉が腹ん中で考えたことがいいか。それとも家移りをしたほうがいいか……」

力三は仲間を眺める。

「あの二人は三日待つといった。つまり、あと二日だ。そして、約束を守るなら十五両払うことになる。もったいねえな。これまでの稼ぎは、おれたちがいたからできたことじゃねえか」

五郎助はそういったあとで、金なんざわたすことはねえだろうと、再び仲間を眺める。

「たしかにそうだ。おれたちがあの二人にいい思いをさせたんだ。お人好しに、いいなりになるなんざ馬鹿馬鹿しい」

島次の肚《はら》は決まっているようだ。

力三は考えを嚙み砕いたあとで、知恵をまわした。

「それじゃ、こうするか。あの二人をここに呼ぶ。そして始末する。そのあとでおれたちは家移りだ。舟さえありゃ稼げるんだ。そうではないか」

「おれはそれでいい」

島次が即座に同意した。五郎助も藤吉も、

「やっちまうってことで決まりだ」

と、肚をくった顔をした。

孫兵衛は縁側で煙草をくゆらしながら、風にふるえるように小さく揺れている木槿の花を見ていた。

ここも悪くない、という思いがある。江戸は悪くない。ここで暮らしが立つならそうしたいのだが、そうもいかなくなった。

煙管を吸ったが、もう味がしなかった。雁首《がんくび》を掌に打ちつけ、灰を転がし、ふっと吹き飛ばした。

店賃も手頃だし場所もよいと、この小宅から離れがたい思いを引きずっている自分に気づき、苦笑した。

「兄上」

背後から弟が声をかけてきた。昼寝から目が覚めたようだ。

「考えたんだ、これからの行き先を」

「どこだ？」

孫兵衛は首をまわして弟を見た。あぐらを掻いて、団扇をあおいでいる。

「倉賀野村《くらがのむら》の名主を知っているだろう。中島中右衛門《なかじまちゅうえもん》だ。思い出したのだ」

倉賀野村は高崎城下からさほど離れた場所ではない。検地や領内見廻りの際にたびたび訪れ、名主の中右衛門からは何度もてなしを受けていた。

「中右衛門がいかがした?」

「あの名主は浅間《あさま》焼けのあと村から逃げ、江戸に出ている。たしか、三之輪《みのわ》にある浄閑寺《じょうかんじ》という寺の近くに移り住んだと聞いたのだ」

高崎領は天明三年(一七八三)の浅間山噴火によって、四、五寸の砂や灰が積もり、農地は壊滅状態になった。そのため多くの百姓らが逃散《ちょうさん》した。

「いつ、そんなことを……」

孫兵衛は体をまわして弟に正対した。

「銚子にいるとき、同じ陣長屋に住んでいる同心と他愛もない世間話をしているときに聞いたのだ。さっきうつらうつらしながら思い出してな。中右衛門は逃散した、いわば罪人だ。なにを生計《たっき》にしているか知らぬが、しばらく世話になっても問題はなかろう。おれたちには金がある。中右衛門の知恵を借りて商いを考えるというのはどうであろう」

「ふむ」

孫兵衛はうなりながら、よいかもしれぬと思った。他人の知恵を拝借するのは一計だ。それに中右衛門は村政を仕切っていた名主で、知恵者で通っていた。

「どうだ？」

「江戸には知己《ちき》がない。中右衛門を頼るのも悪くないだろう」

「では、そうしようではないか」

話はあっさり決まった。

「ごめんなせえまし」

戸口から声がかかったのはすぐだ。

孫兵衛が立って戸口に行くと、力三の船頭仲間の藤吉が立っていた。にたつい
た顔で見てくる。こやつ、いまの話を聞いたのではないかと疑ったが、聞かれて
困ることでもないと思い直し、

「いかがした？」

と、訊ねた。

「力三さんが金ができたんで、いつでも掛けあえるそうで……へえ」

「さようか。では、これから行ってもかまわぬということだな」

「お待ちしてますんで」

藤吉はぺこりと頭を下げると、そのまま歩き去った。

孫兵衛は後ろ姿を見送りながら、藤吉の浮かべた奇異な笑みに不審を抱いた。

（あやつら、なにか企《たくら》んでいるのかもしれぬ）

「力三の使いか……」

座敷に戻ると孫三郎が顔を向けてきた。

「力三の家にまいるが、気をつけろ。やつら、なにか魂胆《こんたん》があるのやもしれぬ」

孫兵衛は乱れた着流しを整えると、大小をつかんだ。

第四章　日本堤《にほんづつみ》

一

湊町の家を出た直後、空が急に暗くなった。

孫兵衛と孫三郎は同時に空を仰ぎ見た。黒雲が近くの上空に蓋《ふた》を被《かぶ》せようとしている。他の空はあかるい青空だったり、雲がまばらにあったりだ。

「夕立か……」

孫三郎がつぶやいて歩き出した。辺りがにわかに暗くなってきたが、蝉の声は相変わらずである。

「孫三郎、油断するな」

「うむ。おれたちの裏をかくつもりかもしれぬ」

孫兵衛は歩を進めながら、いざとなったら斬り捨てるしかないと肚をくった。

湊町から東海道に出ると、金杉橋をわたり、すぐ右に折れて西へ向かう。左側
は大名屋敷の築地塀《ついじべい》がつづいている。

大きな欅《けやき》や杉、あるいは青葉を茂らせた大銀杏《おおいちょう》がにょきっと伸びている大的場《おおまとば》
の近くまで来たとき、ぱらぱらと雨が降ってきた。

「来たか」

孫兵衛は空を見あげて、足を急がせた。

雨粒は次第に大きくなり、激しい降りになった。菰《こも》を被って駆ける町人の姿が
あった。商家の庇に逃げ込む人の姿もあり、慌てて傘を差す者もいた。

赤羽橋のあたりは火除地《ひよけち》になっており、裸足で駆け去る男や女の姿が斜線を引
く雨の向こうに見えた。

力三の家の前に着いたとき、孫兵衛と孫三郎は濡《ぬ》れ鼠《ねずみ》になっていた。

「力三、九鬼だ！　まいったぞ！」

孫兵衛は雨音に負けない声を、戸口の向こうにかけた。

「入ってくだせえ」

短い間があってから声が返ってきた。

孫兵衛は弟と顔を見合わせ、互いにうなずき合うと、刀の鯉口《こいぐち》を切った。

「邪魔をする」

孫兵衛が声をかけて戸を引き開けた瞬間、右に黒い影が見えたと同時に、手に鈍く光る得物を見た。

孫兵衛はとっさに土間先へ跳びながら刀を抜き払い、斬りかかってきた黒い影の土手っ腹に刀の切っ先を埋め込んでいた。

「ぐえッ……」

奇妙な声を漏らしてくずおれたのは、味噌っ歯の五郎助だった。

「野郎！　なんてことしやがる！」

座敷から吠えたのは力三だった。

「きさまら、謀《はか》りやがったな」

孫三郎が上がり口に片足をかけて、力三とそばにいる島次、藤吉をにらんだ。

三人とも短刀を手にしていた。開け放たれた縁側の向こうは激しい夕立だ。雨音は家のなかにもひびいていた。

「おれたちを殺すつもりだったか」

孫兵衛は濡れて滑る雪駄を脱ぎ、居間にあがった。力三の顔が青ざめている。

「やれ、やるんだ」

力三が島次と藤吉にけしかける。その二人は及び腰だったが、島次が斬りかかってきた。転瞬、孫兵衛は刀を閃《ひらめ》かせた。

「うぎゃあ！」

島次は悲鳴をあげて、肩口から血飛沫を散らした。くすんだ障子が真っ赤に染まる。

その間に孫三郎が壁際《かべぎわ》に力三を追い込んでいた。

「や、やめろ。やめてくれ、そのつもりはなかったんだ」

力三は声をふるわせて命乞いをしたが、孫三郎の刀は逆袈裟《ぎやくけさ》に振り切られていた。胸から顎にかけてざっくり斬られた力三の体が独楽《こま》のように回転して、縁側にどさりと倒れた。

夕立とともに吹き込んでくる風に、風鈴が鳴りつづけている。

残るは藤吉ひとり。孫兵衛は目をぎらつかせて藤吉に迫った。唇をふるわせながら藤吉は下がる。

「か、勘弁《かんべん》を……り、力三さんにやれといわれたんだ」

「問答無用ッ」

孫兵衛は胴をなぎ払うように斬った。

「あうっ」

藤吉は短くうめきながら土間に落ちた。

小さな借家のなかに四人の船頭が転がっていた。壁にも障子にも血痕が走り、畳には血溜《ちだ》まりができていた。

「こやつらの金を」

孫兵衛は弟を見ると、力三の体をあらためた。財布を奪い取り、家のなかに隠し金がないかと漁《あさ》った。

「兄上、こやつまだ息をしている」

孫三郎が腹を斬られて土間に落ちた藤吉を見ながらいった。

「止《とど》めはいらぬだろう。どうせ長くは持つまい」

孫兵衛の言葉を受けた孫三郎は、刀の血ぶるいをして鞘に納めた。

いつしか夕立が弱くなっていた。

九鬼兄弟は力三らの持っていた金を懐に入れると、何食わぬ顔で表に戻った。

雨はやみ、道のあちらこちらにできた水たまりが、晴れ間をのぞかせる日の光をまぶしく照り返していた。

二

「虹《にじ》だ」

官兵衛が江戸湾の沖合にうっすらと姿をあらわした虹を見ていった。兼四郎も定次もそちらに目を向けた。もう日の暮れが近いので、夕立を受けた海に舟の姿はなかった。

渚《なぎさ》にいた鳥たちが鳴き騒ぎ、押しては返しながら真砂《まさご》を洗う波の音がしていた。

「どうする?」

官兵衛が兼四郎に顔を向けてきた。

「この浜に早舟を持っている漁師はいなかった。すると、漁師らのいうように、他の河岸場ということになるな」

「品川か、もっとあっちのほうか……」

官兵衛は一度品川方面に顔を向け、それから北のほうを向いた。

浜の漁師の話では、早舟、あるいは押送船と呼ばれる舟を持っているのは品川の漁師か芝橋《しばばし》の漁師、あるいは新堀川沿いに住む漁師らしい。

「品川はこれからだと遅くなる。近場からあたっていこう」

兼四郎は官兵衛と定次をうながした。

本芝二丁目の浜を離れると、東海道に出て日本橋方面に歩く。日は暮れかかっており、先ほど見えた虹はいつの間にか姿を消していた。

しばらく行くと入間川《いりあいがわ》に架かる芝橋があった。川といっても、長さ八十七間ほどの入り堀である。河口には本芝二丁目と金杉浜裏五丁目を繋ぐ崩橋《くずればし》が架かっている。

河岸場には漁師舟の他に、運搬船のひらた舟や材木舟があった。

兼四郎は舟の手入れをしている若い漁師に声をかけた。

「六挺櫓ですか……」

漁師は額の汗を手の甲で払って、兼四郎たちをめずらしいものでも見るように眺めた。

「持っている者はいないか?」

「二艘ほどありますが、何か……」

漁師は好奇心の勝った目になった。

「聞きたいことがあるだけだ。その舟はどこにある？」

「この先のほうです。河岸道を歩いて行けばわかりますよ」

漁師は要領を得ないという顔で、首をひねって自分の仕事に戻った。

芝橋から川沿いの道を辿っていくと、六挺を仕立てている押送船があった。舟主は見あたらないので、近所の者に聞くと、すぐそばにある縄暖簾《なわのれん》の店にいるはずだという。

兼四郎たちは早速その店を訪ねた。

その舟主は助次郎《すけじろう》という中年の漁師だった。日に焼けた顔のなかにある目が、酒のせいで赤くなっていた。

「何で、そんなことを聞くんです？」

「芝浜の漁師が妙な死に方をしたことは耳にしているだろう」

「ああ、それでしたら聞いていますよ。あっしらも、おかしなことがあるもんだと、話していたんです。するってェと旦那らはお役人で……」

兼四郎が暗にうなずくと、助次郎は少し畏まった。

「おぬしはずっと六挺櫓を使っているのか？」

「ここ四、五年ですが……」

「仲間はやはり漁師だろうな」

「そりゃそうですよ。六挺櫓にしたのは沖にいる大物を獲るためです。まあ、こっちの思惑どおりにはいきませんが……」

「仲間はどこにいる？」

こいつもそうですと、助次郎は隣で飲んでいる男を見た。

「相州あたりから来た押送船が二、三日前に襲われている。何か気づいたことはないか？」

「へっ、どこで襲われたんです？」

助次郎は目をまるくして兼四郎を見た。

「品川沖だ。舟には三人の死体があった。腐っていたが、何者かに襲われたのはたしかだ」

「そりゃ、とんでもねえことで……」

「日本橋の魚河岸に出入りしている深川の漁師が、漁をしているふうでない押送船を見ている。その舟はこのあたりに戻っていったというのだ」

「まさか、あっしらを」

「そういうことではない。おかしな押送船を見たことがあるなら、教えてもらいたいだけだ」

兼四郎は助次郎とその仲間の様子から、この男たちの仕業ではないと判断した。

「いやあ、そんな舟は見たことねえですね。この河岸にはもう一艘六挺櫓がありますが、あっしらと同じようにせっせと漁をしているだけです」

兼四郎は助次郎がいう、もう一艘の舟の持ち主も教えてもらった。早速会って話を聞いたが、受け答えからして疑いをかけるような相手ではなかった。

「ここじゃねえってことか……」

表通りに戻ってから官兵衛がぼやくようにつぶやいた。

あたりはもう薄暗くなっていた。居酒屋や料理屋の掛行灯が、ぼうっと薄闇《うすやみ》に浮かんでいる。蟬も昼間に比べるとずいぶんおとなしくなっている。

「旦那どうします？　新堀川のほうもあたってみますか。それとも明日にしますか？」

兼四郎に定次が顔を向けてきた。

「……舟だけでも見ておこうか」

兼四郎は短く考えてから歩き出した。

日の落ちた空には星がまたたいていた。月も浮かんでいる。夕立があったから幾分涼しくなるだろうと考えていたが、意に反してねっとりした風が肌をなぶっていく。兼四郎は胸元を開いて何度か扇子であおがなければならなかった。

太っている官兵衛は汗かきゆえ、着流しの単衣《ひとえ》に汗のしみを作っている。

金杉橋の手前に揚場《あげば》があり、近くには無数の舟が繋がれていた。漁師舟が多いが、ひらた舟もある。

「六挺櫓はないですね」

定次が対岸にある湊町の河岸場に目を凝らした。そちらにもないことがわかり、兼四郎はもう少し上に行ってみようと、新堀川沿いに歩いてみた。町屋が切れた将監橋《しょうげんばし》のそばにも揚場があり、その近くの河岸場もたしかめたが六挺櫓はなかった。

兼四郎はここまで来たのだから、もう少し上のほうも見ておこうと足を進める。官兵衛が音《ね》をあげたように、

「兄貴も熱心だ。あきれるぜ」

と、ぼやく。

「腹が減ってるのか？　もう少し辛抱しろ」

「ああ、我慢するさ」

右手が大的場、左側が大名家の築地塀という道を過ぎると、また町屋があり、新堀河岸が右手にあった。

三人は六挺櫓の舟を探すために、岸辺をゆっくり歩いた。定次が火を入れたぶら提灯を頼りに見回っていく。

「何をしていなさるんで……」

暗がりから突然、声がかけられた。

三

兼四郎がギョッとして振り返ると、小さな栈橋の上にある床几に座って煙草を喫んでいる男がいた。

「六挺櫓の舟を探しているのだが、知らないか？」

兼四郎が声をかけると、男は床几に煙管を小さく打ちつけて、赤い火のついた灰を落とした。

「知っていますぜ。でも、なんで探してるんです？」

兼四郎は男に近づいた。定次がぶら提灯を掲げると、六十は過ぎていそうな年寄りだった。

「話せば長いが、六挺櫓の舟で他の舟を襲い、魚や売り上げの金を奪った不届きな悪党がいるようなのだ」

「そりゃひでえ話だ」

老人は歯がないらしく、むにゃむにゃと口を動かした。だが、年のわりには鋭い目つきだ。

「お年寄りはこの辺の者か？」

「ああ、ちょろ河岸に住んでんです。向こうが飽きりゃ、こっちで暇つぶしって按配で、日がなこのへんに居座ってんです。それがあっしの仕事みたいなもんで。もっとも仕事なんざとうにやめて、実入りは何にもなしでさ……」

年寄りはにたあっと、不気味な笑みを浮かべた。

「ちょろ河岸というのはどこだ？」

官兵衛が聞いた。

「川の向こう。その橋をわたって左へ行ったあたりの河岸のこってさ」

兼四郎はそちらを見て、年寄りに顔を戻した。

「おぬしの知っている六挺櫓の舟はどこにある？　その持ち主も知っているのだな？」

再び訊ねると、年寄りは黙って手を差し出し、掌を開いた。ただでは教えないということだろう。兼四郎は小粒（一分金）を掌に落としてやった。

年寄りはにやりと笑い、もらった金を胴巻きにねじ込んだ。股引に胴巻き、上っ張りを肩にかけて痩せた体をさらしていた。

「知っているんだな。話してくれ」

兼四郎は詰め寄った。年寄りはテカテカ光る唇を指で撫《な》でてから答えた。

「見慣れない早舟が来たのは桜の散った頃だった。はじめは五人いたが、そのうち四人になった。漁をしているのかどうか怪しい連中だ。それに……」

「なんだ」

「お侍、煙草を恵んでおくれましよ」

兼四郎は煙草入れごと年寄りにわたした。年寄りはゆっくりした所作で、刻みだけをつかみ取って自分の煙草入れに移し替えた。

「侍が二人、その舟に乗るようになった。んにゃ、あの舟を持ってきたのは、あの侍だったかもしれねえな。そこんとこはよくわからねえが……」

「侍というのは、どこの侍だ？」

年寄りはわからないと首を振ってから答えた。

「舟を持っている男の家に出入りするんだ。今日は見てねえが、ときどき姿を見せる。あの舟を使っているのは漁師か船頭かわからねえが、ただもんじゃねえ」

「ただ者ではないというのは……」

「あっしにゃわかるんです。あいつらまともな人間じゃねえ。だから見かけても目を合わせねえようにしてんです」

「そやつらは、まだこの辺にいるのか？」

官兵衛だった。

年寄りは一方を指さした。

「あの角の店を入った先に、小さな一軒家があります。長く空店《あきだな》になっていた、しもた屋でさ。昔ゃ醤油を商っていたんですが、亭主がおっ死《ち》んでからは借り手がつきませんでね」

「そこに六挺櫓の舟を持っている男たちがいるのだな」

「いなくなってはねえでしょう」

兼四郎は官兵衛と定次を振り返った。

「行ってみよう」

年寄りに礼をいって、教えてもらったしもた屋を訪ねた。

そこは赤羽橋からも近い場所で、細い路地を入った奥にあった。屋内にあかりは感じられず、耳を澄ましても物音すらしない。

兼四郎はそっと戸に手をかけ、誰かおらぬかと、声をかけて引き開けた。家のなかはまっ暗だった。

だが、定次のぶら提灯が土間に倒れている男を照らした。

「あッ……」

定次の声だ。兼四郎は居間を見た。そこにも二人の男が倒れていて、縁側のそばにもうひとりいた。

「どういうことだ」

定次が家のなかをぶら提灯で照らした。障子や壁に血飛沫の散った痕があり、畳は血を吸ったらしく黒いしみになっている。

「兄貴、こいつ生きてる」

官兵衛が土間に倒れている男から顔をあげて見てきた。

兼四郎もしゃがんで男の様子を見た。目を閉じているが、かすかに息をしている。腹のあたりに血溜まりがあり、斬られたのだとわかった。

「おい、しっかりしろ」

兼四郎は肩を小さく揺すって声をかけた。掌をその男の頬にあてる。まだ温もりがある。

「おい、どうした？　目を覚ませ」

もう一度声をかけると、男がうっすらと目を開けた。ぼうっと兼四郎を見てくる。

「定次、傷を見てくれるか」

兼四郎は男の頬をやさしくたたいて、

「口は利けるか？」

と、聞いた。男は小さくうなずいた。

「旦那、横腹をざっくり斬られていますが、血は止まっています。急所から外れたところを斬られたんでしょう」

定次が顔をあげていった。

「だま、された」

男がかすれた声を漏らした。それから水をほしがったので、官兵衛が柄杓《ひしゃく》で水を汲んで飲ませた。

「誰に斬られた？　そいつらはどこだ？」

兼四郎の問いに、男はうつろな視線を彷徨わせた。

「兄貴、手当てをしたほうがいいんじゃねえか」

官兵衛にいわれた兼四郎は、話を聞く前に応急の手当てをすることにした。

四

男の名は藤吉といった。

兼四郎は傷に応急処置を施したが、出血がひどく、

（長くは持たないだろう）

と思った。

それでも居間にあげられ息を吹き返した藤吉は、仰向《あおむ》けに横になったまま、聞かれることに答えた。

「すると、その九鬼という兄弟に斬られたのか。なぜ、そんなことになった？」

「あいつら早舟を都合してきて、おれたちを雇い、〝稼ぎ〟をさせた。……その金を横取りしやがって、そして……」

「稼ぎというのは何だ？　もしや漁師舟を襲っての稼ぎではなかろうな」

藤吉は考えるように黙り込んだ。

「……もういいか。おれはもう長くねえだろう。あんたら敵《かたき》を討ってくれねえか」

「話せ」

兼四郎は先をうながした。

「襲ったよ。殺すつもりはなかったが、いつの間にかそうなっちまった。魚をぶんどって魚河岸に持って行ったあとで、気づいたんだ」

「何に気づいたという？」

「魚を奪うより、漁師の上がりをもらったほうが手っ取り早いってことに……それで、魚河岸から戻ってくる舟に目をつけたんだ」

「漁師の稼ぎを奪ったのだな」

「へへ、いい稼ぎだったんだけどな」

「おまえたちをこういう目にあわせたのは、その兄弟なんだな」

「ああ、九鬼孫兵衛、弟が孫三郎。あんまり似ちゃいないが、兄弟だ」

「そいつらはどこにいる？　居場所はわかるか？」

官兵衛だった。

藤吉は苦しそうに顔をしかめて黙り込んだ。血腥《ちなまぐさ》い臭いが家のなかに充満していたが、縁側から吹き込んでくる風がその臭いを流すのか、あるいは兼四郎たちの嗅覚《きゆうかく》が麻痺《まひ》したのか、臭いを感じなくなっていた。

定次が行灯と燭台《しよくだい》に火をつけたため、血の気をなくしている藤吉の顔がはっきり見えるようになっていた。

「……湊町、稲荷《いなり》がある。その隣の家だ」

兼四郎は官兵衛と定次を見た。二人ともやっと「海賊」を突き止めたという顔をしていた。

「その家にいるんだな」

「……わからねえ」

「なぜ、わからぬ?」

「三之輪に住んでいる男のとこへ行ったかもしれねぇ。ううっ……」

藤吉は苦しそうに息をした。

「おい、しっかりしろ。三之輪のどこだ? それは聞いていないか?」

「浄閑寺といったかな……その寺の近くだと話していた」

「その男の名は何という？」

藤吉はそう聞く官兵衛を見た。色をなくしている唇をふるわせ、どこか遠くを見るようなうつろな目を一度つむって開いた。

「ちゅ、中右衛門……そう聞いた気がする」

「それでその兄弟は、いつここに来た？」

「……夕立のあったころ、ううっ……もう、だめだ。おりゃあ死ぬ」

藤吉はカクンと首を横に倒した。

「おい、藤吉、しっかりしろ」

兼四郎は声をかけて、藤吉の肩をつかんだが、もう反応がなかった。瞳孔《どうこう》を見ると開いていた。呼吸も止まっていた。

「死んだ」

兼四郎は小さくつぶやいて、藤吉の肩から手を離した。

「旦那、その九鬼兄弟が湊町にいるなら急いだほうがよいのでは……」

定次が色めき立つ。

「漁師らを襲ったやつのことがわかったんだ。兄貴、行こうぜ」

官兵衛がすっくと立ちあがった。

「湊町なら、すぐ近くです」

定次が土間に下りて兼四郎を見た。

「よし、行こう」

三人は四人の死体を残して表に出た。闇は濃くなっていた。先ほどの年寄りがいるかと見回したが、もうその姿はなかった。

兼四郎たちは来た道を急ぎ足で戻った。

東海道に出ると、金杉橋をわたる。その左側、新堀川の左岸が湊町である。川沿いに舟着場があり、やはり漁師舟や荷舟が係留《けいりゅう》されていた。細い河岸道を辿っていくと、小さな稲荷社が定次の提げるぶら提灯に浮かんだ。

「藤吉はこの隣の家だといったな」

兼四郎は立ち止まって両隣の家に目を向けた。右側の家はまっ暗だが、左側の家にはあかりがある。その隣は小さな店で、裏に長屋がつづいている。

「どっちだ？」

官兵衛が顔を左右に動かす。

「やつらは人を殺したあとだ。家にあかりをつけているとは思えぬ」

兼四郎は闇に包まれている暗い家のほうに足を向けた。戸口に立つと、官兵衛と定次を振り返ってから、声をかけた。

「頼もう」

返事はない。もう一度声をかけたが同じだった。

戸に手をかけてかまわずに引き開けた。家のなかはまっ暗闇だった。人の気配はない。定次がぶら提灯を掲げて家のなかを照らした。

「誰もいません」

定次がいう。

「隣だ」

官兵衛が引き返して、隣の家を訪ねたが、そこに住んでいるのは漁師の家族だった。

「やつら、三之輪へ行ったのだ」

官兵衛が兼四郎と定次を見て、低い声を漏らした。

五

浅草寺《せんそうじ》の時の鐘が捨て鐘を三つ鳴らしたあと、五つ（午後八時）を知らせた。

周辺の寺の鐘がつづいて鳴らされる。

「あえて聞かなかったが、兄上、なぜこっちへ来た?」

孫三郎は盃を口許で止め、兄孫兵衛を見た。

「忘れたか。おれたちは追われているのだ。おまえは上野《うえの》を抜けたほうが早いと考えたのだろうが、本郷《ほんごう》には中屋敷がある」

孫三郎は細い目をはっと見開き、

「失念していた。さすが兄上、思慮深い」

と、感服した顔で酒を飲んだ。

二人は浅草花川戸町《あさくさはなかわどちょう》にある料理屋の一室にいるのだった。隅田川から吹いてくる風が風鈴を短く鳴らした。

二人の前には高足膳《たかあしぜん》があり、刺身や煮物、漬物などを盛った小鉢や皿があった。

「このまままっすぐ三之輪へ行くつもりか。もう五つだ」

孫三郎が顔を向けてくる。酒に濡れた唇が行灯のあかりを受けて光っていた。

「急ぐ旅ではない。明日でもよいだろう」

孫兵衛は鱚の天麩羅《てんぷら》に塩をつけて口に運んだ。美味である。

「では、どこかで一泊すると……」

「このあたりに旅籠はあるだろうか？　あったとしてもその気にはならぬ」

「それもよかろう」

そういう弟に、孫兵衛は視線を向けた。

「どういうことだ？」

「金がある。この先のことを考えれば無駄にはできぬだろうが、一晩ぐらいならよいのではないか？」

「………」

「吉原《よしわら》が近いのだ」

孫三郎は口の端に笑みを浮かべた。

「気晴らしにもなるだろう。これから先、どうなるかわからぬのだ。少しぐらい羽を伸ばしたいではないか。銚子を出てからずっと女っ気なしだ」

「さようなことを……ふむ、そうだな。よいだろう」

孫兵衛も片頬に笑みを浮かべた。

「そうと決まれば、早速にも」

孫三郎は盃《さかずき》の酒を放るように飲んだ。

「お客様、ご酒はいかがでしょうか？」

廊下から女中の声が聞こえてきた。

「もう結構だ。それより勘定を頼もう」

孫兵衛は答えてから大小を手許に引き寄せた。

料理屋を出たのはまもなくだった。

表はすっかり夜の闇に包まれており、人通りも少なかった。空にぽっかり半月が浮かんでいる。

旅装束《たびしょうぞく》ではないが、菅笠《すげがさ》を被り振分《ふりわけ》荷物を持っていた。馬道《うまみち》の通りには居酒屋や小料理屋の行灯がところどころにある。そのあかりが通りに縞目《しまめ》を作っていた。

孫兵衛はときどき空を仰ぎ見て、中右衛門に明日会うとしてもどこまで頼れて信用ができるか考えた。へたな相談をすれば、墓穴を掘らぬともかぎらぬ。金はあるのだから、知恵をはたらかせれば何かできそうな気がする。かといって商売のイロハはわからない。

(まずは中右衛門に会ってからでよいか)

孫兵衛は考えるのをやめた。

今夜は吉原で羽を伸ばそうと気持ちを切り替える。

吉原には行ったことがない。以前から一度は吉原通いをと考えていたが、それがこんな形でかなうとは、人生の綾《あや》であるか。

寺町を抜け、浅草田町《たまち》一丁目に入る竹門《たけもん》を抜けてしばらく行ったときだった。脇の路地から出てきた黒い影があった。近所の飲み屋で一杯やってきた者たちだろうと気にも留めなかったが、一定の距離を保って尾けるようについてくる。

孫兵衛は立ち止まって、ぶら提灯を掲げた。背後にいた三人の男も立ち止まった。一本差しの浪人のようだ。

孫兵衛は三人を威嚇するようににらみ、また歩きはじめた。

「兄上、後ろから来るやつらの様子がおかしい」

孫三郎も異様な気配に気づいたようだ。

「うむ」

「いかがする？」

「様子を見よう。いらぬ騒ぎは起こしたくない。相手は三人、一本差しの浪人のようだ。ひょっとすると辻強盗《つじごうとう》かもしれぬ。不逞《ふてい》の輩《やから》が市中をうろついていると聞いているが、その類いかも……」

しかし、背後の三人は吉原につづく日本堤《にほんづつみ》にあがっても、離れなかった。

一本道となっている日本堤の先に、吉原のあかりが闇のなかにぼうっと浮かんでいる。見ただけで心が浮き立ちそうだが、背後の三人が不気味である。

「兄上、やつらしつこい」

孫三郎が小さく吐き捨てたときだった。

「そこの侍」

と、声をかけられた。

九鬼兄弟は足を止めて、振り返った。

「この時世に吉原遊びとは羨《うらや》ましいものだ。さぞや懐がぬくいのだろう」

「きさま何用だ」

孫三郎が剣呑《けんのん》な声を返した。

「無理はいわぬ。その、ちと困っておるので、いくらか恵んでもらえぬものかと、さような言談である」

「嘗めるなッ」

孫三郎が一喝《いっかつ》した。

とたん、三人の浪人が気色《けしき》ばむのがわかった。

「そうか、ならば腕ずくでいただくとしよう」

右端の男が、いうなり刀を鞘走らせた。他の二人も倣《なら》って抜き払った。

「兄上」

孫兵衛は顔を向けてきた弟にうなずいた。

ぶら提灯を吹き消すと、足許に置いて刀を抜いた。月あかりを受けた土手道に五人の黒い影が浮かび、白刃が閃いた。

孫兵衛は真っ先に撃ちかかってきた男の刀を撥《は》ね返し、相手の上体が浮きあがったところで、胸から顎へかけて逆袈裟に斬りあげ、さらに胴を払うように斬った。

男は悲鳴を発することもできず、小さなうめきを漏らして膝からくずおれ土手下へゴロゴロと転がっていった。

そのとき、孫三郎は横から斬りかかってきた男の右腕を撥ね斬っていた。

「ぎゃあー！」

手首が宙を舞い、ボトッと音を立てて地に落ちた刹那《せつな》、背後から襲いかかってきた男がいた。孫三郎は左足を軸にして回転するなり、土手っ腹を強く突いた。

「うぐッ……うぐッ……」

腹を突かれた男は刀を振りあげたまま、かっと目をみはっていた。

孫三郎がさっと刀を抜くと、男はどうと横に倒れ、四肢《しし》を痙攣《けいれん》させて動かなくなった。

孫兵衛は右手首を落とされた男に迫ると、刀を振りあげた。

「ま、待ってくれ、き、斬るな……」

相手は命乞いをしたが、孫兵衛はそのまま刀を首の付け根に撃ち込んだ。

びゅーっと迸《ほとばし》る血飛沫が月光を受けながら弧を描いた。

「興の冷めることをしやがって……」

孫兵衛は相手の着物で、刀の血糊《ちのり》を拭き取り鞘に納めた。

「兄上」

弟の声で顔を上げると、前方から一挺の駕籠《かご》がやってくるところだった。

「まいろう」

孫兵衛は何食わぬ顔で歩き出した。

ゲコゲコ……ゲコゲコ……。

水田で鳴く蛙《かえる》の声が夜の闇に広がっていた。

六

兼四郎たちは九鬼兄弟の住んでいた湊町を離れたあと、東海道を北へ進み、芝口橋をわたったところで、夕飯をとった。

そのときにこのまま三之輪まで行くか、明日にするか相談した。官兵衛は明日でもよいのでは、といった。定次は兼四郎と官兵衛にまかせるといった。

「では、今夜のうちに」

と、兼四郎は先を急いだが、京橋《きようばし》をわたったすぐ先で火事騒ぎが起きており、怖がって泣く子供を助けて、親を捜してやるという足止めを食らった。

さいわい火事は小火《ぼや》に終わり、子供の親もすぐに見つかったのでほっと胸を撫で下ろしたが、通町を進んで筋違橋《すじかいばし》をわたったときにはすっかり夜が更けていた。

「今夜は遅くなった。相手の居場所はわかっているから、明日にするか」

兼四郎が計画を変更したのは、下谷御成道《したやおなりみち》に入る手前だった。

「では、いかがする？　一度家に戻るか」

官兵衛が汗ばんだ顔を向けてきた。

兼四郎は夜空に浮かぶ半月を見あげて短く考えた。自宅のある麴町まで一里ほどだろうが、明日の朝出直すのは面倒だ。疲れてもいる。

「この近くに宿はあるだろうか」

兼四郎が誰に問うでもなくつぶやくと、定次が即座に答えた。

「知っている旅籠がいくつかあります」

「ならば案内しろ」

官兵衛に請われた定次は、それじゃ一番近い旅籠に行ってみましょうと案内に立った。

定次に連れて行かれたのは、神田旅籠町《かんだはたごちょう》一丁目にある小さな旅人宿だった。行商人や路銀を節約している旅人が使う安宿である。

「なに、寝るだけだ。かまうものか」

腹が減ったとよくこぼす官兵衛だが、贅沢《ぜいたく》はいわないし、安宿にも頓着《とんちゃく》しない。

たしかに安普請《やすぶしん》の宿で、床板が軋《きし》み窓が傾《かたむ》き、障子も継《つ》ぎ接《は》ぎだらけだった。

客間に収まると、酒を注文した。官兵衛が寝酒だと、頰をほころばせる。夕餉《ゆうげ》はすでに取っているので、うるめ焼きと漬物を肴にした。

「兄貴、明日は早く出立《しゅったつ》するか。それとも少し余裕を見るか」

官兵衛がうるめをしゃぶりながら聞く。

「夜討ち朝駆けといいますから、早いほうがいいのでは……」

定次である。

兼四郎は酒を嘗めるように飲みながら、九鬼兄弟のことを考える。

仲間を殺し、金を奪っている。中右衛門という男を頼っているとすれば、ひと息ついて油断しているだろう。ならば慌てて行く必要はない。だが、ゆっくりしてもいられない。

九鬼兄弟が別の場所に移動しているなら、間に合わないことになる。

「明け六つ（午前六時）にここを出るか。もうあかるくなっている時分だが、三之輪はさほど遠くはない」

「では、そうしよう」

官兵衛がすぐに応じる。

注文した酒はほんとうに寝酒になった。兼四郎は一合の酒を飲んだところで、夜具に横たわった。しかし、蚊が多く、寝ようとする矢先に耳許で「ぷう～ん」と羽音がする。手で払い、団扇で潰しても他の蚊がやってくる。

窓からの風が、蚊遣りの煙を廊下のほうに運んでしまうのだ。廊下側の障子を閉めれば暑苦しい。官兵衛も定次も蚊に悩まされていたが、そのうち官兵衛は大きな鼾《いびき》を立てはじめた。定次もいつしか軽い鼾を掻いていた。

兼四郎は数匹の蚊を掌でたたき潰すうちに、目が冴《さ》えてしまった。

(九鬼兄弟……)

兼四郎は仄暗《ほのぐら》い天井に目を向ける。

浜の者たちがいっていた「海賊」の正体は、九鬼兄弟とその仲間だったわけだ。顔や出自などはまったくわからない。

しかし目をつむると、兄弟の姿が闇のなかにぼんやりと浮かぶ。むろん顔も体つきも霧の彼方《かなた》にあって、はっきりはしない。

あれこれ考えながらまどろみはじめたとき、関川多一郎と娘のお蛍の顔が瞼《まぶた》の裏に浮かんだ。

どうにも気になる親子である。父親の多一郎は貧しいながらも、武士としての矜持を捨て去っていない。

そして娘のお蛍は、人並み以上の容姿を備え持っていながら、少々風変わりで危なっかしい。だが、純真で汚れを知らない女だ。

何か力になってやりたいが、果たして自分に何ができるだろうかと考える。升屋に相談してみようか。それとも栖岸院の隆観和尚なら何か知恵を貸してくれるかもしれない。

この一件が終わったら、まずは升屋久右衛門に話をしてみよう。兼四郎はそんなことを考えているうちに睡魔に襲われてきた。

七

翌朝、三之輪の浄閑寺近くで聞き込みをして、中右衛門宅を探しあてたのは、すっかり日が昇った五つ（午前八時）過ぎだった。

中右衛門は飛び地になっている梅林寺《ばいりんじ》北の三之輪町で、中島屋という小さな店を商っていた。扱っているのは線香、蠟燭《ろうそく》、そして仏器と神器だった。

店を訪ね、土間先に座っていた小さな年寄りに中右衛門のことを聞くと、

「朝早くから出掛けておりませんが……いったい何の御用で……」

店番をしていた年寄りは、目を見開いて兼四郎たちを眺めた。

「中右衛門殿に訊ねたき儀があるのだ。それでどこへ行った？」

兼四郎は少し武張《ぶば》った物言いをした。

「へえ、浅草に仕入れに行ったんでございますが」

兼四郎は官兵衛と定次を振り返って、すぐ店番に顔を戻した。

「帰りはいつになる?」

「昼前に帰ってくると思います」

「九鬼という侍兄弟が訪ねてきてはおらぬか?」

「九鬼様ですか? いいえ」

店番は目をしばたたいて答えた。

兼四郎は昨夜のうちに九鬼兄弟が来ていれば、この男は会っていないのではないかと考えて、改めて問いかけた。

「おぬしは通いであるか?」

「いいえ、旦那様にお世話になっておりまして、その代わりに身のまわりのことなどをやらせてもらっています」

要するに下僕なのだろう。

「すると、昨夜もこの店にいたのだな」

「はい」

兼四郎は店の奥に視線を向けた。

入ってすぐの土間と小さな帳場の奥に、別の部屋がある。

「では、出直してこよう」

「あの、お武家様のお名前を……」

「八雲兼四郎だ。この二人は連れで、決してあやしい者ではない」

店番は「へえ」と、うなずいただけだった。

店を出ると、二軒隣にある茶屋に入って表に出されている床几に腰を下ろした。

「待つのかい？」

官兵衛が隣に座っていう。

「それしかなかろう。九鬼兄弟が来ていないのなら、いずれ来るかもしれぬ」

「二人の気が変わって別のところへ行っているなら、捜しようがないぜ」

それが一番困ることだろう。

「とにかく中右衛門が来るのを待とう。その前に九鬼兄弟があらわれるかもしれぬ」

「そうだな」

あきらめたように応じた官兵衛は、店の小女《こおんな》に、茶の代わりに冷や水はないかと訊ねた。

兼四郎は目の前の通りをひと眺めした。道は右へ辿っていけば、吉原に通じる日本堤だ。左へ行けば日光道中《にっこうどうちゅう》と合流する。

通りの向こうには青い稲田が広がっており、燕《つばめ》が飛び交っていた。寺の境内《けいだい》から沸き立つ蟬の声がかしましい。

兼四郎は、もしここへ九鬼兄弟があらわれなければ、此度《こたび》の探索はあきらめるしかないと考えた。

無念だが、やるべきことはやったはずだと自分にいい聞かせる。

ふと、遠くの空に浮かぶ入道雲《にゅうどうぐも》を眺めた。

昨夜も眠りに落ちる前にお蛍のことを考えた。雲の浮かぶ空を眺めながら、年に似合わずあどけなく、かつ純真な目をしたお蛍の顔を脳裏に浮かべた。

関川多一郎は厠《かわや》から戻ってくると、つい先ほどまでいた娘がいないことに気づいた。

戸口から出ると、長屋の路地を眺め、お蛍の名を呼んでみた。そのまま木戸口まで進み、表通りを見たが、やはりお蛍はいない。

「どこへ行った。まったくしょうもない娘だ」

ぶつぶつ文句をいいながら家に戻ると、急いで着替えにかかった。滅多に着ることのない古びた小袖を着込み、これまたよれた袴《はかま》を穿いた。それから大小を手に取って長屋を出た。

高く昇った日を仰ぎ見、まだ少しの余裕はあると思い、お蛍を捜すことにした。麹町の通りに出ると、大方花を摘みにいっているのだろうと、半蔵門《はんぞうもん》のほうに足を進めた。

お城にめぐらしてあるお堀の土手には、草花が咲き乱れている。お蛍が好んで行く場所だ。

しかし、堀端に行っても、どこにも姿が見あたらない。

ならば平河天神ではないかと、そちらに足を向けた。急がないと間に合わなくなるので、少し焦った。

しかし、天神様の境内に入っても、お蛍の姿はなかった。

(どこだ、どこへ行った)

参道を戻りながら考えたとき、ふと「いろは屋」のことを思い出した。お蛍はあの店をいたく気に入っている。

（もしや）

多一郎は汗を拭きながら町屋に戻り、麹町隼町にある「いろは屋」に通じる路地に入った。案の定だった。

「やはり、ここだったか」

つぶやいて、ふっと安堵の吐息を漏らす。

お蛍は父親の気配にも気づかず、垣根に咲いている朝顔の蔓をいじったり、葉を摘んだりしている。

「お蛍、何をしておる」

声をかけると、お蛍がしゃがんだまま顔を振り向けてきた。にっこり微笑む。

「父は今日は大事な試合があるといったであろう。留守を頼むと、そう申したではないか」

「お店、まだやっていない」

お蛍は「いろは屋」を見ていう。

多一郎もつられるようにそちらを見た。閉められた腰高障子に、貼り紙があった。

——所用につき暫《しばら》く休業　店主

貼り紙は右下が外れかかってめくれ、風にふるえていた。

「お蛍、父のいいつけを守ってくれ。今日はおとなしく家にいてくれぬか。もうそのような花遊びはやめにするのだ。さあ」

多一郎が手を取って立たせると、お蛍はいまにも泣きそうな顔をした。

「父のいうことがわからぬか」

お蛍はわかるというように首を横に振る。

「ならば家に帰っておとなしくしているのだ。今日は大事な日だ。父はきっといい知らせを持って戻ってくる」

さあ、帰るのだといって、そのまま長屋に連れ戻した。

「よいか、今日はわたしが帰ってくるまで、この長屋を出てはならぬからな。わかったな」

お蛍はわかったというようにうなずいた。

「では、行ってまいる」

世話の焼ける娘を持ったばかりに苦労のしどおしだと、歩きながら胸中でぼやく。だが、それもいましばらくの辛抱だ。今日の試合に勝つことができれば、これまでの苦労も報われる。

（必ず勝ってみせる）

多一郎は唇を引き結び、目を光らせた。

第五章　三之輪町《みのわちょう》

一

待つこと一刻（二時間）、中右衛門も二人組の兄弟とおぼしき男たちもあらわれなかった。

官兵衛がそろそろ痺《しび》れを切らしはじめているのが、兼四郎にはわかった。暇を潰すために、盛んに店の小女に声をかけるのだ。

「すぐそこに中島屋があるだろう。中右衛門という主はどういう男だい？」

官兵衛の下世話な冗談に笑っていた小女は、一度まばたきをしてから、

「どうって親切な人ですよ。上州《じょうしゅう》から江戸にやってきた人です。こんな世の中なのに商売が上手なんですよ」

この言葉に兼四郎はぴくっと眉を動かした。

「ほう、中右衛門は上野《こうずけ》の出なのか」

兼四郎が驚いたように声をかけると、小女はそう聞いていると答えた。

「そなたは、この店の娘さんかね」

「はい。そのといいます」

「そうであったか。おその、すると他にも中右衛門について知っていることはないか？」

「他に……」

おそのは小首をかしげた。

「上野でどんなことをしていたのかとか、親兄弟のことだ」

「お侍さんたちは、中島屋の旦那さんのお知り合いではないのですか」

おそのは可愛い小鳥のように目をまるくした。

「知り合いではないが、訊ねたいことがあるので待っているのだ」

「そうでしたか。でも、中島屋さんが上州でどんな暮らしをされていたのかは、何も聞いていません。身内の話も聞いたことはありませんね」

おそのはそういったあとで、板場のそばに腰掛けている年増に、

「おっかさん、何か聞いている？」

と、声をかけた。

「あの人、話し好きなくせに自分のことはあまりしゃべらないからね」

おそのの母親はそう返事した。

「いつ中右衛門はそこに店を出したんだね？」

「いつだったでしょうか……三、四年はたちますよ。そうそう、浅間焼けのお陰で暮らしが立ちゆかなくなったんで江戸に出てきたという話は聞いています」

浅間山が噴火したのは天明三年（一七八三）七月のことだ。上州は浅間山が近いので、その被害は甚大だっただろう。

「すると上州でも商売をやっていたのだろうか」

「さあ、それはどうでしょう」

おそのの母親は団扇をあおぎながら、片手で額に張っている頭痛膏《ずつうこう》のずれを直した。

その後もいくつか、中右衛門について聞いたが、茶屋の母娘は詳しいことを知らなかった。

新しく茶を差し替えてもらったとき、

「旦那」

と、定次が注意を喚起した。

「中島屋に人が入りました。客のようには見えませんでしたが……」

兼四郎はすぐに立ちあがった。

「おれが聞いてくる。おまえたちはここで待っておれ」

兼四郎はそのまま中島屋を訪ねた。

帳場の前で年寄りの店番と五十前後の男が話をしていたが、戸口にあらわれた兼四郎を見て表情をかたくした。

「もしやこの店の主、中右衛門か？」

兼四郎が聞くと、

「旦那、いま話していたお侍です」

と、店番が言葉を添えた。

中右衛門の顔色がますます悪くなった。その変化を見逃さなかった兼四郎は、裏に何かあるとにらんだ。

「どんなご用でしょうか？」

中右衛門の声は少しうわずっていた。

「落ち着いて話をしたいが、よいか？　なに、手間は取らせぬ」

「では、こちらへ」

中右衛門は店番を見て小さくうなずき、兼四郎を土間奥にある板張りの居間にあげた。

兼四郎が腰を下ろすと、中右衛門は畏まった。

「わたしはあやしい者ではない。八雲兼四郎と申す者だ」

「お役人様でしょうか……」

「……格別の役儀を与《あずか》っている」

今回は浪人奉行と名乗らず、そう答えた。

「直截《ちょくせつ》に聞くが、九鬼孫兵衛、孫三郎という兄弟を知っているな」

とたんに中右衛門の額が動いた。横長のしわ三本が深くなり、目も見開かれた。

「九鬼様がどうかされたのでしょうか？」

やはり知っているのだ。

「九鬼兄弟は、人殺しである」

「えッ」

中右衛門は、今度は口を開けて驚いた。

「殺したのは漁師だ。それもひとり二人ではない。逃がしてはならぬ悪党だ」

「いったい、どういうことなので……」

中右衛門は喉仏《のどぼとけ》を動かして、つばを呑み込んだ。

「詳しくは九鬼兄弟に聞くしかないが、その兄弟がおぬしを頼るというのがわかっておる」

「わたしを……なぜでしょう」

中右衛門は驚き顔のまま目をしばたたく。

「それはわからぬ。おぬしと九鬼兄弟はどんな間柄なのだ」

「あ、あのお役人様は江戸の方なのですね」

「さようだ」

「で、では高崎藩の人ではないのですね」

「うむ」

「わたしを引っ立てにおいでになったのでもないのですね」

「おかしなことを聞くやつだ。わたしは九鬼兄弟を成敗しなければならぬ。ただ、それだけのことだ。おぬしをどうこうするつもりなど毫《ごう》もない」

はあっと、中右衛門は大きく嘆息して、片手で胸を撫で下ろした。

「九鬼兄弟とおぬしは関係があるのだな」

「あると申しましても、ずっと前のことです。あ、わたしは高崎の倉賀野という村で名主をしていたのですが、浅間焼けでにっちもさっちもいかなくなり、村を捨てて逃げてきたのです」

つまり逃散ということだ。逃散は一種の逃亡罪である。

「村にいたとき、九鬼孫兵衛様と孫三郎様は検地に見えまして、何度か話をしたことがあります。村の年貢に関わることなので、無下《むげ》には出来ないお役人ですから、そりゃ丁重《ていちょう》にもてなしたりと……」

あのときは大変だったと、中右衛門は額の汗を手拭いで押さえた。

「さようなことであったか」

兼四郎はようやく納得がいった。

「しかし、九鬼兄弟は江戸において許しがたき悪行を重ねている。高崎藩の藩士であるなら、江戸の藩邸に住まうはずだが、町屋に家を借りていた」

「それはまた、どうしたことでしょう」

中右衛門は首をかしげる。

「とにかく二人はおぬしを訪ねてくる、そのはずだ。わたしは二人の顔を知らぬ。ついてはその二人が来たときに、教えてくれぬか」

「どうやってお知らせすればよいでしょう？」

「二軒隣の茶屋に控えている。むろん、この店に二人組の侍が入ったなら、それとなく見に来る。その折に教えてもらってもよい」

中右衛門は短く考えてから答えた。

「承知致しました。何とかやってみます」

二

新吉原――四つ（午前十時）。

昨夜、角町《すみちょう》の妓楼《ぎろう》で遊んだ九鬼孫兵衛と孫三郎は、江戸町《えどちょう》二丁目にある茶屋で足止めを食らっていた。

昨夜はさんざんいい思いをしたが、妓楼を出て大門《おおもん》に近づいたときに騒ぎを知った。

騒ぎとは昨夜、日本堤で殺しがあったからである。殺されたのは身許の知れない三人の浪人だという。

死体が見つかったのは今朝早くのことで、町方が調べに入っているらしく、吉原詰めの同心も小者と手下の取締方《とりしまりかた》五人を配して、吉原から出て行く客を検《あらた》めているという。

そのことを知った九鬼兄弟は、これはまずいことになった、すぐに吉原を出るのは得策でないと考え、茶屋で暇を潰しているのだった。

三人の浪人を斬ったのは、自分たち兄弟である。おそらく昨夜の三人組に間違いないはずだ。どんな調べが行われているのかわからないが、すんなり大門を抜けられるとは思えなかった。

「兄上、いかがする。もう半刻はたった」

孫三郎が顔を向けて低声《こごえ》でささやく。

孫兵衛は目の前の通りを見て考える。華やかな夜の吉原とは打って変わって、いまは静かである。遊女の姿もなければ、客を引く男や女、あるいは幇間《ほうかん》の姿もない。見番《けんばん》の戸も閉まっており、遊郭《ゆうかく》にあがる前の引手茶屋《ひきてぢやや》もひっそりしている。

歩いているのは行商人と、昨夜遊びすぎて顔色の悪い客、そして野良猫と野良犬ぐらいだ。うるさいのは蝉の声だけである。

茶屋に入ってきた男がいた。近所の八百屋らしい。その八百屋が茶屋の主と話をはじめた。孫兵衛は聞き耳を立てる。

「へえ、じゃ、ここへ逃げ込んでいるかもしれないってことかい」

「何でもそんな話だ」

「すると、人を殺したあとで女遊びをしたってことになるじゃないか」

「人を殺すぐらいのやつだ。そんなこと屁でもねえんだろう」

八百屋は首にかけている手拭いで汗を拭きながら、大門のそばで聞いてきたことを話す。

「調べは〝中〟でもやるのかね？」

「いまんとこ大門と、死体の見つかった日本堤だけらしい」

「だけど、その人殺しがここに来たってことはわかっているのかね。人を殺したら逃げるのが大概の人間じゃないか」

「そりゃそうだろうけど、町方の役目だからなんでも疑ってかかるんだよ」

「おれも見に行ってこようか……」

「よせよせ。行って妙な疑いをかけられたらどうするよ。おれだって、何しているんだと、おっかない目でにらまれたんだ」

八百屋は表を見て、孫兵衛のほうをちらりと見た。だが、すぐに茶屋の主に向き直り、

「これじゃ客も帰りにくいだろうね」

と、声をひそめた。

孫兵衛はどうやら自分たちのことをいったのだなと思った。だが、八百屋に声をかけた。

「これ、おぬし」

八百屋がびっくりした顔で振り返った。

「へ、へえ、なんでしょう」

「ちと、これへ」

八百屋はへいこらしながら、九鬼兄弟の座っている床几のそばに来た。

「身共《みども》らはこれから帰るところだが、門外で何やら騒ぎが起きているらしいな。いったいどういうことだ?」

張本人は自分たちなのに、孫兵衛はしれっとした顔で訊ねる。

「へえ、なんでも今朝三人の侍の死体が、土手道で見つかったそうなんです。それで町方がやってきて調べをやってんです」

八百屋は茶屋の主に話したのと、ほぼ同じことを繰り返した。

「町方は何人ほど来ているのだ?」

これを孫兵衛は知りたかった。

「ひとりです。といっても手先の捕り方を五人ばかり従えているようです」

先ほど聞いたことと同じだった。

「調べは門の外だけでやっているのだろうか?」

「いえ、死体は今戸《いまど》に近い場所で見つかったらしいんで、そっちにも別の町方がいるようです。出入りの百姓がそういっていましたが、へえ」

八百屋は汗を拭き拭き話した。

「面倒なことになっておるのだな」

「へえ、その人殺しがここにいるかもしれませんからね。お侍様もお気をつけくださいよ」

「うむ。しかし、困ったな」

言葉どおり困ったことになっている。

八百屋が茶屋を出て、自分の店に戻ると、孫三郎が顔を向けてきた。

「いつまでここにいるつもりだ。どんな調べをしているのか知らぬが、堂々と出ていけばよいではないか」

「そうしたいところだが、ここは用心だ。いましばらく様子を見よう」

「ならば他の店に行こう。ここに居座っていれば、かえって怪しまれる」

それもそうだと思い、孫兵衛は茶屋を出て大門に近い伏見町《ふしみちよう》に場所を移した。

この通りには小店《こだな》と局店《つぼねみせ》が軒を列ねているが、いまはどこの戸も閉められたままだ。通りの角に菜飯屋《なめしや》を見つけ、二人はそこに入った。

品書きに粥《かゆ》があったので、それを注文する。昨夜は少々酒が過ぎたため、胃がもたれていた。

粥をすすりながらも、

「これを食ったら出よう。いつまでも様子を見るわけにはいかぬ」

と、孫三郎は早く吉原から出たい口ぶりだ。

「町方は何か聞いてくるはずだ。そのことを考えているのだ」

孫兵衛は低声で応じ、顔をしかめる。

自分たちが撒《ま》いた種による足止めだとわかっているが、非はあの三人の浪人にある。だからといってそのことを話すわけにはいかない。

おそらく身許を訊ねられるだろう。そのときなんと返答すればよいかと、孫兵衛は考えているのだった。

気になるのが腰の刀だ。昨夜血を吸った刀は拭ってはいるが、鍔元《つばもと》に血の残りがあるかもしれない。まだ、たしかめていない。もし調べている同心が優秀なら刀を検分するだろう。

(厠だ)

孫兵衛は気づいた。

「孫三郎、厠へ行って刀を調べるのだ。血残りがあったらきれいに拭き取ってこい」

「なにゆえ……」

「馬鹿、考えればわかることだ。いいから行ってこい」

孫三郎はそのまま店を出て裏にある厠へ行き、すぐに戻ってきた。

「きれいなものだ」

という。

「ならばわしも……」

孫兵衛も入れ替わりに厠へ行き、自分の刀を丹念《たんねん》に調べた。血は残っていない。だが、念のために落とし紙で刀身と鍔元を拭いた。

「では、出よう。おまえは何もいうな。足止めを食ったら、わしが話す」

孫兵衛はそういって菜飯屋を出た。

たしかに大門の外には物々しい空気があった。しかし、足止めを食らっている者は見あたらない。

そのまま門をくぐり抜け、五十間道《ごじゅっけんみち》を歩く。衣紋坂《えもんざか》の下に町方の同心がいた。そばに五人の手下を従えている。

同心が鋭い目を向けてきて、行く手を阻《はば》むように立った。

「待たれよ。昨夜は何刻頃、廓《くるわ》に入られた？」

同心はまばたきもせずに孫兵衛と孫三郎を凝視する。

「五つ過ぎだったと思いまするが、何事でござろうか？」

「日本堤で殺しがあったのです。殺されたのは浪人とおぼしき三人の男。それで、お手前どもはどちらのお武家様でございましょうか？」

言葉は丁寧だが、同心の目は相変わらず厳しい。真剣勝負にあって隙を見逃さない、そんな目つきだ。

「手前どもは大河内松平家の家臣、九鬼孫兵衛と申す。こちらは弟でござる」

松平姓は将軍家の血筋であるから同心の表情に変化があった。

「ご勤番《きんばん》でございまするか。それはご苦労様でございます」

「うむ」

孫兵衛がうなずくと、同心はどうぞお通りくださいといって道をあけた。槍《やり》や突棒《つくぼう》を持って控えていた五人の手先も道の端に戻った。

孫兵衛と孫三郎は衣紋坂を上ると、一度坂下を振り返った。風に揺れる見返り柳の隙間越しに、同心の姿が見えたが、注意は廓のなかに向けられていた。

「うまくいったな」

孫三郎がほっとした顔を向けてきた。

「まさか、こんな厄介なことになるとは……」

孫兵衛はやれやれと首を振った。

三

志摩鳥羽藩《しまとばはん》上屋敷は、麴町七丁目の南にある。

三万石の譜代大名家の当主、稲垣摂津守長以《いながきせっつのかみながもち》は、御殿表座敷前の広縁にどっかと座り、庭ではじめられた試合を見物していた。

摂津守の両脇に控える小姓《こしょう》二人が、先ほどから大きな団扇を使って風を送っている。

関川多一郎は庭の隅、楓《かえで》の下にじっと控えていた。先刻まで日向であったが、日が南に移ったお陰で、楓の青葉が日射しを遮るようになった。

目の前では試合が行われている。三十半ばの大男と、小兵《こひょう》だが若い青年の試合だった。

木刀を使っての寸止め試合である。寸止めといっても必ずうまくいくとはかぎらない。一瞬の過《あやま》ちで相手を撃つことになり、当たり所が悪ければ死につながる。

そのため、試合に参加する者はわたされた念書に自著し、押印《おういん》をしなければならなかった。印判を持っていない者は、花押《かおう》あるいは指印《しいん》でもよかった。

多一郎は指印ですませた。しかし、なかなか自分の番はまわってこない。早く一戦交え、決着をつけたい。その思いが募《つの》っていた。

しかし、反面怖いと思いもする。もし、ここで負け、しかも打ち所が悪ければ、死あるいは半身不随《はんしんふずい》、もしくは手か足が不自由になるかもしれないのだ。

むろん、その覚悟はできているが、最初に試合をして負けた男は、額を打たれ顔面血だらけになって卒倒した。

すぐに家中の家来が戸板に乗せて運び去った。その後どうなったかわからない。自分もあの二の舞になるのではないかと危惧《きぐ》する。

しかし、負けてはおれぬと、唇を噛んでおのれを鼓舞《こぶ》する。

勝ちきれば、稲垣家に撃剣指南役《げきけんしなんやく》として年五石で抱えられ、それとは別に三十俵二人扶持《ににんぶち》の報酬をいただけることになっている。

この試合は、多一郎にとって仕官できるかできないかの、人生の分かれ目であった。

年五石、三十俵二人扶持は、よだれが出るほどほしい。

それだけの収入を得ることができるなら、娘のお蛍にも楽をさせてやれる。自分も貧乏から逃れられる。

手内職をする貧乏浪人と、口に出してこそいわないが、同じ長屋の者は腹のなかでそう思っている。おのれに向ける目にも蔑《さげす》みがある。

ここは一念発起《いちねんほっき》して、なんとしてでも勝ち進んでいかなければならない。しかし、なかなか自分の番はまわってこない。

試合は進んでいた。

大男と小兵の戦いだが、打ってはかわし、かわされては打ち込むの繰り返しで、勝負の手が決まらない。両者はすでに汗びっしょりで、呼吸も乱れていた。

稲垣家の検分役は鷹《たか》のように目を光らせて、両者の攻防戦を見守っている。

雲が日を遮ったらしく、すうっとあたりが翳《かげ》った。その瞬間、小兵の青年が地を蹴って前に跳んだ。頭上高くに振りあげられた木刀が、弧を描きながら大男の脳天めがけて振り下ろされた。

カーン！

耳を聾《ろう》する音が庭に広がった。

大男が見事、撥ねあげたのだ。瞬間、小兵の男は尻餅《しりもち》をついて手にしていた木刀を落としてしまった。

そこへ、大男の一撃が振り下ろされた。

(決まった)

と、多一郎は思ったが、そうはならなかった。

小兵は俊敏に横に転がると、落とした木刀を拾いあげるなり、迫ってきた大男の鳩尾《みぞおち》に切っ先をつけたのだ。

「それまでッ！」

検分役がさっと片手をあげて、小兵の勝ちを認めた。

大男は信じられないように棒立ちになっていたが、それはまわりで見物している者も同じだった。

五十人ほどの稲垣家の家臣たちが庭を取り巻くように囲んでおり、誰もが予想が外れたという顔をしていた。

多一郎も大男有利と見ていたので意外に思った。

（あやつ、やるな……）

多一郎は、自分の席に下がって汗を拭う小兵の青年を眺めた。

「つぎ、関川多一郎」

名前が呼ばれた。

「はッ！」

多一郎は返事をして立ちあがろうとしたが、あまりにも長く座っていたせいで足が痺れていた。そのために、少しよろけた。「おっと」と、声を漏らしたので、周囲でさざめくような小さな笑いが起きた。

「池浦釜次郎《いけうらかまじろう》」

対戦者の名が呼ばれ、男が出てきた。

見るからに頑丈《がんじょう》そうな体つきだ。からげた裾からのぞく足は丸太のようで、たすき掛けの袖から出た腕は隆《りゅう》としている。日に焼けた真っ黒い顔のなかにある目を、ぎらつかせている。

「流派を名乗れ」

検分役が問いかけた。

「馬庭念流《まにわねんりゅう》　関川多一郎」

多一郎が名乗った。

「無外流《むがいりゅう》　池浦釜次郎」

「両名とも印可《いんか》、あるいは免許持ちであるか？」

検分役が聞く。

多一郎と相手の池浦は同時に「いかにも」と答えた。

「よし、はじめッ！」

検分役が告げた。

多一郎は作法どおり、藩主の摂津守に一礼し、その後蹲踞《そんきょ》の姿勢になり、相手に礼をしてゆっくり立ちあがると、木刀を中段に構えた。

内職に忙しく、あまり日にあたらない多一郎は青白い顔をしている。襟元には肋《あばら》の浮いた胸が見えていた。

「さあッ！」

多一郎は気合いを発して間合いを詰めた。

「おりゃあー！」

池浦は耳を聾する大音声《だいおんじょう》を発して木刀を上段に取った。

四

「もう昼だ」

空を仰ぎ見た官兵衛が、通りの左右に視線を配る。

待ち人来たらずで、兼四郎たちは暇を持て余していた。だからといって、そこを動くことはできない。

九鬼兄弟が中右衛門を訪ねるという話を、奴らに斬られた藤吉は聞いている。九鬼兄弟を成敗するためには待つしかない。

「しかし、おかしい……」

兼四郎は思い出したようにつぶやいた。

定次が顔を向けてくる。

「九鬼兄弟のことだ。中右衛門の話では、兄弟は高崎藩松平家の家臣だ。それなのに、湊町に家を借り、海賊まがいの悪行を重ねていた」

「江戸勤番ならできないことですね」

定次が応じる。

「うむ。何か粗相《そそう》をして藩を追われたのか？　あるいは脱藩したか……」

「脱藩なら藩目付が探索をしているかもしれません」

「だが、ここは江戸だ」

「江戸には藩邸があります。そこにも目付はいます」

「そうだな」

兼四郎はそうつぶやいたあとで、はたと気づいた。

「そういうことか。中右衛門は逃散した村名主だ。逃散は藩の掟に反すること。九鬼兄弟はそのことを知っている。だから、彼《か》の者たちの罪が藩に訴えられることはない」

「なるほど。中右衛門も国許に戻ることのできない男ですからね」

「九鬼兄弟は、罪人同士で結託《けったく》しようと考えているのかもしれぬ」

「兄貴、それより兄弟がやってくるかどうかが問題だろう。来なかったらおれたちは、益体《やくたい》もない暇つぶしをしていることになる」

官兵衛は不機嫌な顔になっている。待つことに飽いているのだ。

「わかっている。もう少し辛抱して、おれに付き合ってくれ」

「兄貴は生真面目だわいな」

官兵衛はあきれ顔で扇子をあおぐ。

蟬の声は相変わらずかしましいが、西の空が鉛色《なまりいろ》に曇ってきた。

吉原をあとにした九鬼孫兵衛と孫三郎は、音無川《おとなしがわ》沿いの日本堤を三之輪方面に向かっていた。

孫兵衛は金杉村に入ったところで足を止めた。

孫三郎が立ち止まった孫兵衛を振り返った。

「いかがした？」

「見ろ、雨が降るかもしれぬ」

孫兵衛は西の空を示した。

「また夕立か。ならば急がねばならぬな」

「待て。ここから先は用心だ。中右衛門は三之輪町の浄閑寺そばに住んでいると聞いているだけで、その家がどこなのかわからぬ。それに目付はこのあたりにも足を延ばしているかもしれぬ。ここからは二手《ふたて》に分かれて行こう」

「兄上は用心深い。わかった。ならばどこで待ち合わせする」

「中右衛門の住まいを見つけたら、浄閑寺の門前でどうだ」

「承知した。では、おれは先に行く」

孫兵衛は先に歩き出した弟を見送ると、脇道に入った。そのまま進めば下谷金杉町に出る道だ。

少し遠まわりになるが、用心するに越したことはない。孫兵衛は歩きながら暗くなっている西の空を見た。

ほんとうに雨が来るかなと、少し不安になり菅笠を目深《まぶか》に被り直した。

ほどなく下谷金杉町に出た。大きな通りは日光道中だ。孫兵衛は千住《せんじゅ》のほうに足を進めた。


一方、兄孫兵衛より先に三之輪町に入った孫三郎は浄閑寺を見つけ、それから近くの商家を数軒訪ねて中右衛門のことを聞いた。

するとと四軒目の薪炭屋で、

「はて、今日は中右衛門さんに会いたいという人が多いですね。これで二度目です」

と、妙なことをいわれた。

「中右衛門を捜している者が他にもいると申すか？」

孫三郎は心中で警戒した。

「へえ、何でもどうしても会わなければならないから、捜しているとおっしゃいましてね。それで教えて進ぜましたよ」

「それは侍だったか？」

「さようです。お役人のようでした」

（役人……）

もしや藩目付ではないかと、孫三郎は危惧した。もしそうなら、自分たちは待ち伏せされているかもしれない。

「役人であったか。ま、拙者も似たような者だ。それで中右衛門の家だが……」

「そこの道を左へ折れて、日本堤のほうへ行きますと、小さな町屋があります。三之輪町の飛び地なんですがね。線香や蠟燭なんかを売っている中島屋という店がそうです」

「ではまた後戻りだ。いや、邪魔をした。礼を申す」

孫三郎はそのまま行きかけたが、ふと思い出したように足を止めて、薪炭屋の主を振り返った。

「中右衛門を捜しに来た者がいたといったが、それはひとりだったか？」

「わたしを訪ねて見えたのは、おひとりでしたが、あと二人ほどお連れがあったように思います」

（すると目付は三人）

これはまずいと思った。

孫三郎は浄閑寺の山門へ行き、兄孫兵衛を待つことにした。

五

関川多一郎は接戦の末、池浦釜次郎に勝った。

勝負の一撃を決めたとき、周囲からどよめきがあがったのは、おそらく自分が負けると思っていたからだろう。

自席に下がって腰を下ろし、汗を拭く多一郎は、口の端に小さな笑みを浮かべた。

（あれごとき腕には負けはせぬさ）

胸中でつぶやきながら勝ち残った者たちを眺める。

自分を入れて二十人はいる。敵は十九人か……。

だが、まずはひとりに勝てばよい。そのあとは勝ち抜き戦となっている。つまり、あと十勝すればよいのだ。

しかし、容易くはいくまい。目をみはる動きをする者、技巧者、居住まいを見ただけで練度が高いとわかる者がいる。

今朝、この屋敷には五十人ほどがやってきた。木刀での寸止めと知り、そのまきびすを返した者が十人ほどいた。それから西と東に分かれての試合が行われ、順々に進められている。

多一郎と同じようにうらぶれた浪人がほとんどだ。飢饉のあおりを受け、仕えていた藩や主君から暇を出された者もいるだろうし、粗相をして罷免《ひめん》された者もいるはずだ。

多一郎は武蔵川越藩《むさしかわごえはん》十五万石、松平大和守《やまとのかみ》の家来であった。家来といっても足軽《あしがる》格であったから、財政難に陥った藩から真っ先に放逐《ほうちく》された口である。

おそらくこの試合に臨んでいる者のほとんどが、自分と似たり寄ったりの境遇だろうと、多一郎は推量していた。

「おぬし、やるな」

隣に座る男が低声で話しかけてきた。五十前後のひげ面の男だった。

「いえ……」

「勝負を決めた打突《だとつ》には驚いた」

「さようですか……」

多一郎は目の前で行われている試合に目を注ぎながら、素っ気なく答えた。そのことが気に入らなかったのか、隣の男はそれ以上話しかけてこなくなった。

多一郎は池浦釜次郎に突きの一撃で勝負をものにしていた。それまでふらふらと体を揺らすような動作で、池浦の撃ち込みを右へ左へと払うのみであった。焦れた池浦が大上段から撃ち込んできた。

多一郎はそのときを待っていた。すっと相手の懐に入ると、即座に突きを送り込んだのだ。池浦は木刀を上段にあげたまま動くことができなかった。

多一郎が試合を回想していると、いきなり大きな声が張られ、我に返った。

「勝負ありッ！」

検分役が山口《やまぐち》某《なにがし》という男の勝ちを認めた。

多一郎はその山口と対戦するかもしれない。だが、隙はある。弱点も見つけていた。

「つぎ、関川多一郎」

名前を呼ばれて、多一郎はすっと背筋を伸ばし、木刀を持って庭の中央に進み出た。相手は六尺はあろうかという大男だった。

先ほどは太った牛のような体をしている男が相手だったが、今度は巨木である。

だが、多一郎は毫も臆《おく》さず、蹲踞の姿勢で相手と向かい合った。

巨木の名は赤尻文五郎《あかじりぶんごろう》といった。

赤尻が立ちあがり、少し遅れて多一郎が立った。二階から見下ろされるような威圧感を受けた。太い眉の下にある大きな目がすでに血走っている。

「おーおりゃ！」

赤尻が胴間声《どうまごえ》をあげて詰めてきた。

多一郎は押されるように下がる。赤尻がさっと詰めてくる。多一郎はさっとその分下がる。赤尻の太い眉がぐいっと持ちあがった。

と、地を蹴って上段から撃ち込まれた。多一郎はふらっと体を揺らして紙一重《かみひとえ》でかわし、胴を抜きにいったが、外された。即座に木刀を引き寄せて中段に構える。

　ふんと、赤尻が大きな鼻息を漏らした。

　多一郎はまったく力感《りきかん》のない立ち方をしている。赤尻が攻撃を仕掛けようとしたとき、多一郎はすっと剣尖《けんせん》をあげた。

　赤尻の足が止まり「うん」と、不思議そうな顔をした。そのまま膠着《こうちゃく》状態がつづいた。沈黙である。両者は一寸も動かない。

　見物をしている者たちが互いの顔を見合わせた。

　蟬の声に包まれている屋敷内に、小さなざわめきが起きた。

　多一郎が動いた。摺《す》り足で下がったのだ。その動きを奇異に思ったのか、またもや赤尻の眉が動く。そして詰めてくる。

　多一郎は逃げるように右にまわる。赤尻がついてくる。

　ミーン、ミーン、ミン……と、けたたましい蟬の声がしたとき。

　赤尻が右面を狙って撃ち込んできた。多一郎はその場を動かず、すっと腰を落としただけでかわした。すぐさま赤尻の勢いのある斬撃《ざんげき》。

　多一郎はひょいと擦り払うように赤尻の木刀を防ぐ。

「うぬ、うぬ、うぬ……」

赤尻の大きな目が吊りあがった。顔中に汗の粒を張りつかせている。

多一郎は静かな呼吸で遠間《とおま》になって、赤尻のつぎの攻撃に備えた。汗は体にじわっと浮かんではいるが、さほどの量ではない。

「こ、この……」

赤尻が歯軋《はぎし》りせんばかりの顔で足を踏み出した。

その瞬間だった。多一郎は絶妙の間合いで、右にまわり込みながら赤尻の肩を目がけて撃ち込んだ。寸止めにならず、かすかに赤尻の右肩に木刀が触れた。

「それまでッ！」

検分役の声があった。

見物をしている者たちが「おおっ……」と、驚きの声を漏らした。

負けた赤尻は、呆然と棒立ちになっていた。

多一郎は涼しい顔で一礼すると、自席に下がった。

「やはり、おぬしできるな」

またもや隣の男が話しかけてきた。

「つぎ、富田鉄五郎《とみたてつごろう》」

「はッ」

隣の男が返事をし、木刀をしごきながら立ちあがった。富田の相手は巽仙次《たつみせんじ》郎《ろう》という男だった。

「この一戦後、しばし休息といたす」

検分役はそう告げてから、富田と巽の立ち合いをうながした。

六

孫兵衛は浄閑寺の山門前で弟と落ち合うなり、

「目付だ。目付がおれたちを捜しているかもしれぬ」

と告げられ、目をみはった。

「なんだと」

「いや、目当てはおれたちではないかもしれぬ。中右衛門を捜しに来た侍がいるのだ。それも三人だ。役人のようだったという」

「誰に聞いた？」

「この町の薪炭屋だ。中右衛門はたしかにこの町にいる。この道の先に三之輪町の飛び地があり、そこで線香蠟燭屋をやっているらしい」

孫兵衛は弟の示すほうに目を向けた。吉原につづく道だ。二人の行商人がこちらに向かってくる姿があった。

「中右衛門は逃散した村の名主だ。藩はやつを許さず、捕まえに来たのかもしれぬ」

「そんなことが……」

孫兵衛は弟に顔を向け直した。

「いかがする？」

孫三郎がかたい表情で聞く。

「目付に見つかったらまずい。しかし……おかしい……」

「何がおかしいのだ？」

「村名主ごときを藩の目付が執拗《しつよう》に追うことだ。逃散した百姓はひとりや二人ではない。他の村の名主も逃げているのだ」

「それはそうであろうが、たまたま中右衛門の居所を突き止めたのではないか」

「であれば、いま頃、中右衛門は店にいないはずだ」

「さようなことになるな」

孫兵衛は短く考えた。どうすると、孫三郎が聞いてくる。

「まずは中右衛門がいるかどうかたしかめよう」

「危ないことになりはせぬか」

「孫三郎、ここで逃げたらおれたちはずっと逃げなければならぬ。相手が藩の目付なら、ここで決着をつけ、先の不安を払拭《ふっしょく》すべきではないか」

「どうするというのだ？　まさか……」

「目付なら斬り捨てる。それ以外にあるまい」

孫兵衛はぐいっと口を引き結んだ。

「よし、わかった。兄上におれはついていく」

「まずは中右衛門が店にいるかどうか、それをたしかめるのが先だ。もし店にいたら、目付ではないかもしれぬ」

「目付でなかったら、いったい何者だという。町方はおれたちには絶対に行き着かないはずだ。力三たち船頭の口は封じたのだ」

「たしかにそうだろうが、気になる」

「では、どうやって中右衛門がいるか調べる。おれたちがのこのこ出ていくのは具合が悪いのではないか……」

孫三郎は弟から視線を外して、曇ってきた空を眺めた。

「旦那、いかがします?」

定次が兼四郎に顔を向けて聞いた。官兵衛は隣の床几で柱にもたれながら居眠りをしている。

「ふむ、そうだな」

兼四郎は煮え切らない生返事をしてから言葉をついだ。

「藤吉は九鬼兄弟の話を聞いている。臨終《りんじゅう》の間際に藤吉が嘘をいったとは思えぬ」

「やはり、旦那は九鬼兄弟が中右衛門を訪ねてくるとお思いで……」

「うむ」

「考えを変えて別の場所へ行った、ということもあるのではありませんか」

「それもあるかもしれぬが……よし、もう一刻待とう。それで姿を見せなかったらあきらめて帰る」

「承知しました」

定次が答えたと同時に、居眠りをしている官兵衛が大きな鼾をかき、床几から落ちそうになって目を覚ました。

そのとき、中右衛門の店に入っていく子供がいた。兼四郎はさほど気にもとめずに、吉原に向かう道に目を注いだ。

中島屋に入っていった子供はすぐに表にあらわれ、先の道を梅林寺のほうに曲がって姿を消した。

ほどなくして中島屋から中右衛門が出てきた。手に風呂敷《ふろしき》を抱え持っている。どこかへ届け物でもするようだ。

中右衛門が近づいてくると、兼四郎は声をかけた。

「どこへまいる？」

「へえ、品物を届けてくれと頼まれまして……線香と蠟燭です」

中右衛門はそう答えたが、表情がかたかった。目に落ち着きもない。

「どこへ届けるのだ？」

妙だと感じた兼四郎は、歩きすぎようとした中右衛門に声をかけた。

「その、浄閑寺そばの家です」

「近くだな」

「へえ」

中右衛門は軽く会釈をしてそのまま歩き去ったが、兼四郎は気になった。中右衛門の後ろ姿を凝視していると、何かにおびえているように見える。

「定次、中右衛門を尾けろ。なにか様子がおかしい」

「へえ」

「気取《けど》られぬな」

「承知です」

定次はひょいと立ちあがると、そのまま中右衛門のあとを追っていった。

「兄貴、どうした?」

官兵衛が聞いてくる。

「妙だ。さっき子供が中島屋を訪ねた。店に入ったと思ったらすぐに出ていった。それから中右衛門が届け物があるといって出掛けた。おかしいと思わぬか?」

「まさか、九鬼兄弟に呼び出されたのでは」

官兵衛が細い目を見開いた。

「もし、そうだったなら……」

兼四郎は中右衛門を追う定次を見たが、その姿がふっと右の道に消えた。すでに中右衛門の姿もなかった。

七

中右衛門は浄閑寺東にある稲田を縫う小道を進み、一軒の百姓家に入った。すぐそばを音無川から分かれた思川《おもいがわ》が流れている。この川はずっと東へ流れ、いずれ隅田川《すみだがわ》に注ぐ。

中右衛門の入った百姓家は広い庭を持ち、敷かれた筵《むしろ》の上に小豆《あずき》を乾してあった。鶏《にわとり》が放し飼いになっており、コッコッコと鳴きながら歩きまわっていた。篠竹《しのたけ》の生垣をめぐらしてあり、裏は雑木林で北側は御持組《おもちぐみ》同心の大縄地《おおなわち》だ。

定次は生垣越しに百姓家の様子を窺った。庭に人の気配はないが、縁側は開け放されている。しかし、人の影は見えない。

中右衛門が訪ねたのは庄七《しょうしち》という百姓の家だった。

使いの子供からもらった書付けには、高崎の人が待っている、構えて他言しないで来るようにと書かれていた。

中右衛門は気が気でなかった。自分は高崎領にある倉賀野から逃げてきた者だ。他言してはならぬということだけで、尋常ならざる用で呼び出されたのだと心の臓が縮みあがっていた。

もしや、逃散した他の百姓が庄七の家にいるのかもしれない、あるいは自分と同じように逃げた者が捕まっているのかもしれないと考える一方で、八雲兼四郎という侍から聞いたことも頭にある。

八雲様は九鬼兄弟を捜しておいでで、その兄弟は人殺しだとおっしゃったのだ。さらに兄弟が自分を頼ることがわかっているといわれた。

この呼び出しが、そうではないかと、いやな胸騒ぎがしてならない。

予期もせぬ呼び出しであるし、書付けの内容が不気味だった。

庄七の家の戸口を入り、土間に入ってすぐ、中右衛門は我が目をみはった。

九鬼孫兵衛と孫三郎兄弟がいたからだ。村の検地で何度も世話になった同心だった。しかも、兄弟はねちねちとものをねだる、いやな人間だった。

「中右衛門、久しぶりであるな」

孫兵衛が声をかけてきた。

「あ、はい。ご無沙汰《ぶさた》をしております」

声がうわずった。

孫兵衛がひたと見つめてくる。弟の孫三郎は切れ長の目が鋭く、にらまれただけで背筋がゾクッとする。

「商売は按配よくいっておるか？」

「はい、なんとか……」

「うまいことやっているというわけだ。そう、びくつくことはない。わしらはおぬしを捕まえに来たのでもなければ、咎め立てをしに来たのでもない。力を貸してほしいだけだ」

「はあ」

緊張のあまり話がよく呑み込めなかった。相手は人殺しだ。

「わしらはいまや高崎藩松平家の家来ではない。つまるところ浪々の身である。おぬしは昔から知恵者だった。その知恵をわしらに貸してもらいたい」

「いったいどんなことを……」

「急ぎはせぬ。その前に、おぬしを捜している侍がいると聞いた。三人らしいが、そやつらは何者だ？　藩の目付ではなかろうが、おぬしは会ったか？」

孫兵衛が凝視してくる。

中右衛門は極度の緊張状態にあるが、どう返答すればよいかめまぐるしく考えた。孫兵衛がいっているのは八雲兼四郎という侍のことだ。

しかし、八雲様のことをここでいったらどうなるかと考える。どっちが得策か。九鬼兄弟は罪人である。

「いえ、そんな方にはお会いしていません」

孫兵衛は短い間を置いて、孫三郎と顔を見合わせた。

「ならば、いずれその三人の侍がおぬしを訪ねるだろう。何者なのか知りたい。わかったら教えてくれないか。だが、決してわしらのことは口にするな。もし、さようなことをしたら命がないと思え」

脅し文句をいわれた中右衛門の心の臓が凍りついた。

「わかったな」

「あ、はい」

「よし、店に戻れ。妙な考えは起こすな。それが身のためだ」

声もなくぺこりと頭を下げた中右衛門は、そのまま庄七の家を出た。胸が恐ろしくざわついていた。

八雲様にこのことをいうべきか、いうべきでないか。

もし、打ち明けたらどうなる。八雲様たちが九鬼兄弟を取り押さえてくれればよいが、もし、しくじるようなことがあれば自分の命が危ない。九鬼兄弟が剣の手練《てだ》れなのは国許でも有名だ。

（どうすればよいのだ。どうしたら……）

定次は中右衛門が戸口を出てくると、近くの木立《こだち》に身をひそめ、様子を窺った。百姓家をあとにした中右衛門は、来た道を引き返した。

（何か様子が変だな）

定次がそう思うのは、中右衛門の表情がかたいからである。歩き去る後ろ姿を見てから、百姓家に視線を戻した。

家は静かだ。庭に放してある鶏がのどかな声で鳴いている。

コッコッコッ、コッコッコ……

定次は曇ってきた空を見た。西のほうにせり出していた鉛色の雲が近づいている。風も少し出てきた。

（雨か……）

定次は胸中でつぶやきながら、もう一度百姓家に視線を戻した。

このまま兼四郎と官兵衛の待つ茶屋に戻るべきか、それともこの百姓家の様子をしばらく見ておくべきかと迷った。

「兄貴、こりゃあ一雨来るぜ」

饅頭《まんじゅう》を食べながら茶を飲んでいた官兵衛が、空を眺めてつぶやいた。

「そうだな」

兼四郎は雲行きの怪しくなった空を見て応じる。

「中右衛門が戻ってきた」

官兵衛の声で、兼四郎は道の左のほうに顔を向けた。中右衛門が落ち着きのないそわそわした足取りで戻ってくる。背後に定次の姿はなかった。

「中右衛門、用はすんだのか？」

兼四郎が声をかけると、中右衛門は冴えない顔を向けてきた。

「はい、無事に」

中右衛門はそう答えただけで自分の店に戻っていった。しかし、店の前で立ち止まり、躊躇《ためら》ったように兼四郎のほうを見た。

兼四郎は眉宇《びう》をひそめた。

第六章　決着

一

長い休息であった。

見物をしていた摂津守家来も、広縁にいた摂津守の側近もいない。

庭で待っているのは、勝ち残った多一郎らだけだ。その数十九人。隣に座り話しかけてきた富田鉄五郎は、巽仙次郎に負け、すごすごと藩邸を出ていった。

休息の間、多一郎らには茶と水が与えられた。その間に持参の弁当やにぎり飯で腹を満たす者もいたが、多一郎は空腹に耐えるしかない。

（なに、大事なのはこの試合に勝つことだ。腹が減ったぐらいで弱音は吐けぬ）

多一郎は自分にいい聞かせ、唇を引き結んでつぎの試合開始を待つ。それでもうまそうに弁当を頬張る者を見ると、グゥと腹の虫が鳴る。

奥歯を噛んで空を見る。

先ほどまで晴れていたが、黒い雲が頭上を覆いはじめていた。

雨だな。おそらく通り雨だ。

多一郎は一方の空が晴れているのを見てそう思う。

蝉たちは相変わらず元気よく鳴いている。

もし、自分が勝ち残ったなら、この藩邸に足繁《あししげ》く通うことになる。いまだそうだと決まったわけではないが、摂津守の家来らに撃剣指導する自分の姿を脳裏に描く。

年五石、三十俵二人扶持——。

それだけの俸給をいただければ申し分ない。川越藩に仕えているときには、三両一人扶持だった。それに比べれば大変な出世である。

辛酸《しんさん》を嘗めながら生きてきた身の上だけに、なんとしてでも手に入れたい地位だ。

(待っておれ、お蛍)

多一郎は娘の顔を瞼の裏に浮かべて、胸の内で念ずるようにつぶやく。

と、ぽとぽとと庭の木々の葉が音を立てはじめ、地面に黒いしみが広がった。

雨が降りはじめたのだ。庭に控えていた者たちは、それぞれに空を見あげ、枝葉を張った榎木の下や、屋敷の庇の下に体を移した。

「通り雨だな」

誰かが空を見てつぶやく。

頭上には黒雲が立ち込めているが、別の空には青空がのぞいている。

「すぐにやむだろう」

そういう者もいる。

それまで口をきかなかった者たちが、雨を機に言葉を交わすようになった。それでも相手は自分の対戦者ゆえ、対抗心は消していない。

それは多一郎も同じで、話しかけられても、そうでござるとか、さようですなと、素っ気なく応じるのみに留めた。

雨の勢いが強くなったとき、最前まで摂津守が座っていた広縁に、稲垣家の用人があらわれた。銀髪で顔の色艶《いろつや》がよく、いかにも大名家の重臣らしい男だ。

「みなの者、聞け」

用人が庭で待機していた者たちに声をかけた。広縁に当主の摂津守はあらわれない。

庭にいた試合参加者は用人に顔を向けた。

「天気が変わった。通り雨ですぐにやむであろうが、降りつづくやもしれぬ。よって、今日の試合はこれまでといたす」

ええっと、驚きの声が漏れた。

多一郎もそれは同じで、目をみはって用人を見た。

「試合は明日の午後まで延ばす。雨で地面は湿り、足許はよくないだろうが、昼までには乾くであろう。殿もさようにおおせである。よって、もう一度明日ここへ来てもらえるか」

用人は多一郎たちを睥睨《へいげい》するように見まわした。

「致し方ありません」

「承知致しました」

という声が、参加者のなかからあがった。

「では、明日九つ(正午)過ぎにもう一度来てもらう。よいな」

多一郎たちは承諾するしかない。

用人は庭にいる者たちがうなずくのを見てから、

「ご苦労であった」

　と一言い、さっと身を翻《ひるがえ》して奥に消えた。

　そのまま参加者は表門に向かったが、雨の勢いは増すばかりで、傘の用意をしていなかった一同は、あっという間に濡れ鼠になった。

　雨は三之輪町でも降り出していた。

「ついに来やがったか」

　と、官兵衛が頭上に広がっている黒雲を見てつぶやいた。

　目の前に広がる田の稲穂が、雨に打たれ風に吹かれながら波のようにうねっていた。

「定次が遅いな」

　兼四郎は中右衛門は帰ってきたのに、定次が戻ってこないのが気になっていた。

「兄貴、九鬼兄弟のあらわれる様子はない。まだ待つのか。もういかほど待っているると思う。これでは切りがないだろう」

　官兵衛の苛立《いらだ》ちはわからぬでもない。兼四郎は意を決したように言葉を返した。

「定次が戻ってきたら、この調べは終わりにしよう。仕方あるまい」

「やっとそういってくれたか。それにしてもこの雨だ。困ったものだ」

雨は次第に強くなり、通りに水たまりを作りはじめていた。床几に座っていると、庇から落ちる雨水に濡れてしまう。仕方なく店のなかに下がった。

ほどなく定次が戻ってきた。どこかでもいできたらしい里芋《さといも》の大きな葉を、傘代わりにしていた。

「いきなりなんでまいりました」

茶屋に飛び込んできた定次は、手拭いで濡れた腕や首を拭ってぼやいた。

「中右衛門はどこへ行っていたのだ?」

兼四郎の問いに、定次が顔を向けてきた。

「百姓の家です。中右衛門の様子がおかしいんで、気になってしばらく見張っていましたが、とくに変わった様子はありませんでした」

「さようか」

「兄貴、そういうことだ」

官兵衛は帰りたいという顔だ。

「どうやら九鬼兄弟は来ないようだ。これで切りあげる」

兼四郎はそう告げて差料《さしりょう》をつかみ、

「中右衛門にもう一度会ってから帰ろう」

と、言葉を足した。

茶屋を出ると、雨に濡れないように小走りで中島屋へ行き、暖簾を撥ねあげて店に入った。

「これは……」

帳場前の上がり框に座っていた中右衛門が、立ちあがって兼四郎たちを見た。

「どうやら、わたしたちの捜している九鬼兄弟は来ないようだ」

「はあ」

中右衛門は気のない返事をするが、目に落ち着きが感じられなかった。

「もし九鬼兄弟が来たならば、それとなく番屋を通じて御番所に知らせることだ。兄弟は芝浜や品川の漁師を殺している悪党だ。わたしたちはその漁師たちの遺恨《いこん》を晴らそうと思っていたが、この辺であきらめるしかない」

「では、お帰りになるので……」

「半日待った。九鬼兄弟の来る気配もない」

「あの、八雲様は格別の役儀を与っているとおっしゃいましたが、やはりお役人なのですね」

「うむ」

兼四郎はうなずくのみにした。

この辺は曖昧《あいまい》にしておくしかない。しかし、中右衛門の様子がおかしい。何か迷っているような目をしている。

「どうかしたか？」

「あ、いえ」

「では息災に暮らせ。邪魔をしたな」

兼四郎は引っかかるものを感じながらも、官兵衛と定次を表にうながした。

「八雲様」

店を出ようとしたとき、中右衛門が慌てたように声をかけてきた。

兼四郎が振り返ると、身を寄せてきて、

「九鬼兄弟はそばにおります」

と、ささやいた。

「なに……」

兼四郎は眉宇をひそめた。

二

「どういうことだ?」

兼四郎はまっすぐ中右衛門を見た。

「その、さっき庄七さんの家に呼ばれて行きますと、九鬼様がおられたんです。八雲様たちのことを探って知らせろといわれました」

「九鬼兄弟がいるのだな」

「はい」

兼四郎はさっと官兵衛と定次を振り返った。

「しまった!!　もっと見張っておくんだった……」

定次が悔しがる。

「奴らはいまも庄七の家に……」

「そのはずです。でも、自分たちのことを教えたら、わたしの命はないと脅されました。あの兄弟は、藩内でも十本の指に入るほどの剣術の手練れでして」

「おぬしの命を取らせはせぬ。よし、これからおれたちが乗り込む。どこか安全な場所に隠れておれ」

兼四郎にいわれた中右衛門は忙しく視線を彷徨《さまよ》わせ、年寄りの店番を見た。

「それなら梅林寺の和尚さんに頼みましょうか。和尚さんなら匿《かくま》ってくれます」

「そうか、あの和尚さんなら……」

中右衛門は青ざめた顔を店番に向けた。

「梅林寺はこの町の裏にある寺だな」

兼四郎が聞くと、中右衛門がそうだと応じる。

「庄七の家には九鬼兄弟の他に誰かいたか？」

「庄七さんはいませんでしたが、耳の遠くなった婆さんがいました。他に家の者はおりませんでした」

「庄七には女房子供があるのではないか」

「はい、女房のおさんさんと、二人の子供がいます。長男は十五、六で弟は二つか三つ下のはずです」

「わかった。とにかく梅林寺へ行け。念のため、裏から出ろ」

「あ、はい」

中右衛門と店番は、取るものも取りあえず裏戸に向かった。だが、すぐに立ち止まり、兼四郎に不安げな顔を向けてきた。

「ことを終えたら梅林寺へ行く」

兼四郎が一言いうと、中右衛門は安堵したのか、今度こそ店を出て行った。

「定次、庄七家に案内するのだ。一家の安否も気になる」

「へい」

定次が店の傘を差して出て行った。

兼四郎と官兵衛も店の傘を拝借《はいしやく》して表に出た。左右を見る。周囲の景色が雨に烟《けむ》っている。空の一角には晴れ間がある。

兼四郎と官兵衛を案内する定次は、浄閑寺手前の道を右に折れた。そこから先は細い村道である。両側には青い稲田が広がっている。燕がその稲田の上を飛び交っていた。

二町ほど進んだところで定次が立ち止まり、あの家です、と指し示した。篠竹の垣根をめぐらしてある茅葺《かやぶ》きの家である。

「定次、おまえは浄閑寺で待っておれ。おれたちに万が一のことがあれば、中右衛門を他のところへ逃がせ」

「でも……」

「何もいうな。おまえは待っていればいい」

「定次、心配するな。浪人奉行は容易くやられはしねえさ」

官兵衛が言葉を添えると、

「では」

と、定次は小さな返事をして、来た道を引き返していった。

それを見届けたあとで、兼四郎は官兵衛に顔を向けた。

「行くぞ。だが、庄七という百姓には女房子供と婆さんがいる。その者たちに危害が及ばぬようにしなければならぬ」

「なにゆえ、この百姓家に九鬼兄弟は……」

官兵衛は疑問を口にする。

「やつらは人殺しだ。人目につかぬ場所を選んだだけかもしれぬ」

「しかし、やつらはおれたちのことに気づいているようだ。どうやって知ったんだ？」

「おれたちは中右衛門を捜すために、町屋で聞き込みをした。九鬼兄弟も同じことをして、先に来たおれたちのことを聞いたのだろう。そう考えるしかない。とにかく、まいる」

「うむ」

兼四郎は庄七の家の前まで行き、足を止めた。表の戸口は開かれている。土間奥は暗くて見えないが、人の姿はなかった。

斜線を引く雨が、戸口前の庭に降りしきっている。

兼四郎が庭に入ったときだった。

「お侍……」

という声が、背後からかかった。

兼四郎が振り返ると百姓がそばに立っていた。その背後にも三人。少年が二人と、年増女がひとり。みんな蓑笠《みのかさ》を着ており、顔に泥がついていた。手も足も泥で汚れている。

「ここはあっしの家ですが……」

百姓は言葉を足した。

「もしや庄七か？」

「へえ」

庄七は怪訝《けげん》そうな顔をする。

「この家に侍の客がいるはずだ。九鬼という兄弟だ」

「侍の客……そんな客はいないはずですが。わしらは朝から田圃《たんぼ》の草取りをしていたんで。ほんとうですか？」

庄七は家のほうを見てから足を進めた。

「待て」

兼四郎は庄七を制した。

「相手は人殺しだ」

「へッ」

庄七は目をみはり、ぽかんと口を開けた。

「するとおぬしらの留守に勝手に入ったのだろう」

そう考えるしかなかった。兼四郎は言葉を足した。

「ここで待っておれ。たしかめてくる」

そのまま戸口の前に立った。家のなかに目を凝らす。物音はしない。聞こえるのは雨の音と、低い蟬の声だけだ。

兼四郎は十分に警戒しながら敷居をまたぎ土間に入った。そのとき、板座敷の奥から黒い影があらわれた。

兼四郎はさっと刀の柄《つか》に手をやり身構えた。だが、あらわれたのは老婆だった。

「婆さん、ここに侍の客がいたはずだ。どこへ行った？」

老婆は首をひねりながら、裸足の足をするようにして近づいてきた。

「はい、なんです？」

老婆は片耳に手をあてた。耳が遠いのだ。

「侍の客がいたはずだが、どこへ行った？」

兼四郎は警戒の目を配りながら声を張った。

「ああ、茶を飲んで出て行きましたよ」

「いつだ？」

「ついさっきです」

兼四郎はさっと官兵衛を振り返った。

「中島屋へ行ったのかもしれぬ」

官兵衛の答えを聞くなり、兼四郎は庄七に近づいた。

「梅林寺のそばに中島屋という店がある。近道はあるか？」

「畦道《あぜみち》を行けば近道になります。すぐそこの川をわたって田圃沿いに行くだけです」

兼四郎はそういうなり、表の道に駆けだしていた。

「官兵衛、急ぐのだ！」

三

兼四郎と官兵衛は思川沿いの道を駆けた。傘は邪魔だから捨てて走る。

「官兵衛、どこかに橋があるはずだ」

兼四郎は走りながら声をかける。

「わかっている」

兼四郎は雨粒を受けながら、小さな波紋を広げている川に目を注ぎつづける。

もし、九鬼兄弟が中島屋を見張っていたならば、中右衛門が梅林寺に行く前に斬られているかもしれない。そんなことがあってはならない。

（いっしょに動くべきだったか……）

目を皿にして橋を探す兼四郎は、小さく舌打ちした。

「兄貴、あった！　すぐそこだ」

官兵衛にいわれる前に、兼四郎もその橋を見つけていた。

丸竹を縄で結わえただけの簡易な橋だった。

兼四郎と官兵衛は滑らないように用心して橋をわたった。周囲の稲田が風に吹かれて波を打っている。雨はまだやむ気配はないが、長く降りつづかないはずだ。

細い畦道を辿り、中島屋のある方角をたしかめながら進む。町屋の屋根も吉原につづく音無川沿いの道も雨に烟っている。

道には人の姿がなかった。兼四郎と官兵衛は細い畦道を、両側から迫り出している稲穂をかき分けるようにして進んだ。

「兄貴、足跡だ」

官兵衛にいわれて兼四郎も気づいた。

新しい足跡があった。それも二人だ。九鬼兄弟のものに相違ない。

「官兵衛、急げ」

兼四郎は足跡を確認しながら先を急いだ。

間もなく音無川の畔に出た。川の向こうは道だ。橋があるはずだ。飛び越えるには無理がある。

（どこだ。どこにある）

目を周囲に配り、足跡をたしかめながら歩いて行くと木橋があった。

兼四郎と官兵衛は木橋をわたって、吉原につづいている道にあがった。人通りは絶えている。九鬼兄弟の姿も見えない。

兼四郎は中島屋に足を向けた。

それから数間も進まぬうちに、中島屋から出てきた男がいた。二人だ。それも侍。

（いた）

兼四郎が足を止めると、九鬼兄弟が見てきた。

短くにらみ合うように、視線がぶつかった。

「九鬼兄弟だな」

兼四郎は近づきながら声をかけた。

二人は無言だ。剣呑《けんのん》な空気を纏《まと》っている。

「なにやつ？」

声をかけてきたのは年嵩《としかさ》のほうだ。兄孫兵衛だろう。弟の孫三郎は顔が細く切れ長の目、唇が薄く、兄とは顔も体つきも似ていない。

「やっと捜しあてたぜ。漁師を殺し、金を奪って私腹を肥やすやつばら。きさまらの悪事もこれまで」

「何をぬかす。きさまら、何者だ？」

「浪人奉行」

官兵衛が応じた。

「なにッ……」

孫兵衛は眉を動かした。

「兄上、偽《にせ》の役人だ。そんな奉行などおらぬ。こやつら、おれたちの持ち金を奪おうとする不届き者にちがいない」

孫三郎が額に青筋を立て、叫ぶようにいった。

「浜の漁師らの無念を晴らす。覚悟」

兼四郎は腰の刀を抜いた。

「くそっ……」

孫兵衛も刀を抜いた。孫三郎も横に並んで、刀を抜き払った。

中段に構えた白刃に雨があたり、刃先からしずくとなって落ちる。

両者の間合い四間。まだ遠間である。

兼四郎はゆっくり足を進める。九鬼兄弟も前に出てくる。

隙が見えない。兼四郎は臍下《せいか》に力を入れ、爪先で濡れた地面を噛む。

「官兵衛、油断いたすな」

「おう」

答えた官兵衛が横に並んだ。

兼四郎の前に孫兵衛、官兵衛の前に孫三郎。

さらに両者の間合いが詰まった。もう少しで刃圏である。両者の間を二羽の燕が雨を切るように飛んでいった。

兼四郎は中段に取った刀を、ゆっくり耳のそばまであげ、右八相《みぎはっそう》に構え直した。

「いざッ」

声を発した孫兵衛が撃ち込んできた。

兼四郎は左へすり落として、逆袈裟に斬りあげた。だが、刀は空を切っただけだ。

すかさず孫兵衛が胴を薙《な》ぎ払うように斬り込んできた。兼四郎は後ろに跳んで間合いを外した。即座に反撃に移ろうとしたが、孫兵衛はさっと刀を引き、中段の構えで間合いを詰めてくる。

孫兵衛の双眸《そうぼう》と総身《そうしん》には殺気がみなぎっていた。隙が見えない。

（これは容易くはいかぬ）

兼四郎は眉間《みけん》に深いしわを彫り、奥歯を嚙んだ。

「どりゃあ！」

背後で官兵衛の胴間声がした。直後、鋼《はがね》のぶつかり合う音。だが、兼四郎には官兵衛の戦いを見る余裕はない。

濡れた髷から汗と雨が頰を流れ、顎から落ちる。

孫兵衛は左にまわる。兼四郎はそれに合わせて剣尖を動かす。

「たあーッ！」

今度の気合いは孫三郎のものだった。

直後、孫兵衛が跳ぶように間を詰め、瞬息《しゅんそく》の突きを送り込んできた。

はっと目をみはった兼四郎は、半身でかわすのが精いっぱいだった。刹那、孫兵衛の白刃が弧を描きながら兼四郎の横面目がけて飛んできた。

「兄貴！」

四

官兵衛の叫びと同時に、兼四郎は背後に気配を感じ、即座に膝を折って身を低めた。頭上を刃風がうなりながら通り過ぎた。

さっと振り返ると、再び孫三郎が斬りかかってくるところだった。背後に諸肌《もろはだ》脱《ぬ》ぎになっている官兵衛の姿があった。

兼四郎は孫三郎の撃ち込みを刀を水平にして受けるなり、すり落としながら横に跳んで間合いを取ったが、今度は孫兵衛が近間から斬り込んできた。

「とおッ!」

孫兵衛は気合いを発しながら、兼四郎の頭を狙って唐竹割《からたけわ》りに刀を下ろしてきた。

兼四郎は半身をひねってかわし、大きく後ろに下がった。肩を動かして息を吸い、吐いた。

官兵衛が孫三郎と鍔迫《つばぜ》りあっている。膂力《りょりょく》は官兵衛のほうがあるようで、歯を食いしばって耐える孫三郎を押し込んでいる。

助にまわりたいが、目の前に孫兵衛が立ち塞《ふさ》がる。両者はすでに汗びっしょりだ。おまけに雨で着物が濡れて動きが鈍くなっている。

孫兵衛がさらに詰めてきた。兼四郎はわざと下がった。その間に呼吸を整えることに腐心する。刀の柄が汗と雨で滑りそうになっている。

兼四郎はさらに下がった。懐に手を差し伸べ、手際よく襷《たすき》を掛ける。

孫兵衛がじりじりと迫ってくる。眉を逆立て、眉間に深いしわを彫り、目を血走らせている。

「なにゆえ、漁師らを襲った？　きさまらは高崎藩松平家の家来ではなかったのか？」

兼四郎の問いかけに、孫兵衛が足を止めた。

「裏切られたのだ。下役はいつも上役に軽く見られる。きさまにその苦しみがわかるか」

「…………」

兼四郎は間合いを計る。

「下役は常に蔑《ないがし》ろにされる。詭弁《きべん》を弄《ろう》して下役を扱うのが上の者だ。下役はいつも裏切られる。そうやって生きねばならぬなら、国に仕えることに意味はない」

「さようなことで罪もない漁師の命を奪ったのか！」

「黙れッ、きさまに我らの苦しみがわかってたまるか」

「苦しみから逃れるために、善良な人の命を奪う所業は外道《げどう》！　問答無用だ！」

兼四郎は眼光を強めて電光石火の一撃を見舞った。

カキーン！

擦りあげられた。だが、即座に腰を落として構え直した。

「邪魔立てはさせぬ」

孫兵衛が間合いを詰めてくる。雨の溜まりに片足を突っ込んで、下段に構えた。

兼四郎は腰を落としたまま、刀を背後にまわし、半身になった。

孫兵衛の眉がぴくりと動く。兼四郎の構えを奇異に思ったからだ。だが、そのまま間を詰めてくるなり、下段に構えた刀を振りあげ、瞬息の速さで撃ち下ろしてきた。

兼四郎はその刀を擦りあげながら、体を寄せた。

二人は横に並んで同じ方角を向く恰好になった。両者の刀は太股《ふともも》のあたりで重ね合わされている。

兼四郎は離れる瞬間を探る。それは孫兵衛も同じだ。しかし、兼四郎は孫兵衛の乱れている息遣いに気づいた。

(利はおれにある)

そう思った瞬間、孫兵衛を肩で強く押し、突き飛ばすようにして離れた。

孫兵衛の足が乱れ、膝が折られた。

いまだ、と思うやいなや、兼四郎は地を蹴って孫兵衛に斬りかかった。

ガツン。鈍い音がして二つの刃が重なった。

兼四郎は即座に刀を引いた。転瞬、刺すように刀を送り込み、かわされたところで、今度は片手斬りで撃ちかかった。

「うぐッ……」

孫兵衛の顔が痛みにゆがんだ。左肩をざっくり斬られている。孫兵衛は下がりながら右手で左肩の傷を押さえた。指の隙間から血があふれ、袖を赤く染めていった。

もはや孫兵衛は手負いの獣《けもの》。兼四郎は悠然《ゆうぜん》と近づくと、そのまま肩口から胸にかけて斬り下げた。

「うごおッ……」

孫兵衛の目が驚愕《きょうがく》に見開かれた。体を左右に揺らし、たたらを踏む。肩口から血が噴出していた。

それでも兼四郎に向かって刀を向けてきた。だが、そこまでだった。見開いていた両目が宙を彷徨い、首ががくりと垂れ、ぬかるんだ地面に倒れ伏した。

兼四郎は大きく息を吸って吐くと、背後を振り返った。

官兵衛が半身を屈《かが》め、股間《こかん》のあたりで刀の柄を持ったまま、孫三郎に詰め寄っていた。糸のような細い目が異様な光を発した瞬間、官兵衛の刀が雨を切り裂く勢いで動いた。

両肩を喘がせていた孫三郎は、官兵衛の一撃を防ごうと右へ動いたが、片足が雨で滑りやすくなっている音無川の土手にかかった。

「あッ……」

孫三郎は声を漏らしながら、体の均衡《きんこう》を失った。

刹那、官兵衛の豪剣がうなりをあげて、孫三郎の横腹を一文字に斬っていた。

「ううッ……」

孫三郎はうめきを漏らして、斬られた腹を見た。血があふれ出している。大量の出血は、またたく間に袴を赤く染めていった。

「ま、まさか……こんなことに……」

孫三郎は信じられないというように目を見開き、膝からくずおれると、音無川にドボンと落ちた。その体は一度沈んで浮きあがり、うつ伏せのまま二度と動かなかった。

官兵衛は激しく肩を動かしながら、太い腕で口のあたりを拭って兼四郎を見た。

「怪我はないか？」

兼四郎は官兵衛を気遣った。

「懸念あるな。それより、こやつら金を持っている。漁師らから奪った金だ。どうする？」

「いただいておこう。あとで浜の漁師にわたすのだ」

兼四郎は道に倒れている孫兵衛の袖で刀を拭い鞘《さや》に納めた。

五

梅林寺の山門に定次が立っていた。

兼四郎と官兵衛に気づくと、飼い主を待っていた犬のように駆けてきた。

「ご無事だったんですね。どうなっているんだろうと、気が気でなくてじっとしておれなかったんです」

「浪人奉行だぞ。心配には及ばねえさ」

官兵衛が自慢そうにいって、頬をゆるめた。

「それで、九鬼兄弟は？」

「あとで話す。考えがあるんだ」

そういった官兵衛を兼四郎はいぶかしげに見た。

「兄貴、あやつらのことはおれがうまく話す」

何か官兵衛には考えがあるようだ。そのことはまかせることにして、

「中右衛門はどうしている？」

と、定次に聞いた。

「庫裏《くり》で待っています」

「呼んできてくれ」

「へえ、いますぐに」

定次が境内に駆け込んでいったとき、急に雨が弱くなり、そして突然やんだ。合わせたように蟬の声が沸きあがった。

まもなく定次が中右衛門と老店番を連れてきた。中右衛門はおどおどした目を兼四郎に向け、

「九鬼様たちは……」

と、声をふるわせた。

答えたのは官兵衛だった。

「あの二人なら、おれたちが手を出すまでもなかった。兄弟でいざこざを起こしたのか何か知らぬが、いきなり斬り合って、挙《あ》げ句《く》相撃ちだ。悪党兄弟はそのまま御陀仏《だぶつ》だ」

「ヘッ、そ、それじゃ、あの人たちは死んでしまったんで……」

中右衛門は見開いた目をしばたたいた。

「兄弟喧嘩だ」

官兵衛が素っ気なく答える。

兼四郎はそんな官兵衛に、こやついい思いつきをと、腹のなかでつぶやき、

「中右衛門、さようなことだ。二人の死体はあの道にある。弟のほうは川に浮かんでいるが、番屋に知らせるべきだ。おぬしには事情があるようだから、身元については知らぬ存ぜぬでいたほうがよいだろう。斬り合って相撃ちをしたというだけでいい。さっきの雨のせいで、見た者はいない」

「あ、は、はい。さようですね。そうします。与吉《よきち》、そういうことになるので頼むよ」

中右衛門は老店番に目顔でいい含め、

「八雲様たちはいかがされるのです？」

と、兼四郎たちを眺めた。

「もう用はなくなった。帰るだけだ。それから番屋にも、おれたちのことは構えて他言するな。話がややこしくなるからな」

「あ、はい、承知いたしました」

「では、さようなことだ」

中右衛門は心底救われたという顔をして、深々と頭を下げた。

兼四郎たちは梅林寺を離れた。

下谷金杉下町を抜け、日光道中に出ると、上野のほうへ足を進めた。

「定次、これを持て」

官兵衛が懐からずしりとした胴巻きを取り出して、定次にわたした。

「これは？」

「あの兄弟が持っていた金だ。漁師らからぶんどったものだ」

「定次、思いちがいするでないぞ。それはおれたちの金ではない。漁師たちのものだ。ご苦労だが、明日にでも届けてくれるか」

そういう兼四郎に、定次はぽかんとした。

「半分は品川にある法禅寺の住職に届ければよいだろう。隆観和尚の弟子だから、わけを話せばわかってくれるはずだ。もう半分は芝浜の漁師頭らに届けてくれ」

「芝浜の漁師頭にも同じことを話せばよいので……」

「いや、それはまずい」

兼四郎は短く考えてから言葉をついだ。

「芝浜の魚を売って歩く平助という棒手振りがいる。升屋に出入りしているから、おまえもよく知っている男だ。升屋からの香典《こうでん》ということでどうだ。それぐらいの金は出せる大店だ。疑われはしまい」

「兄貴、頭がいいねえ」

官兵衛が茶化すようにいう。

「わかりました。では、明日早速にも届けることにします。しかし、官兵衛さん」

定次が官兵衛を見る。

「なんだ」

「兄弟喧嘩《げんか》の末の相撃ちなんてよく思いつきましたね。ほんとうはそうではないんでしょう」

「ああ、手こずった。やわな相手ではなかったからな。なあ、兄貴」

「まったくだ」

上野を抜け、湯島《ゆしま》、本郷と過ぎ、水道橋《すいどうばし》をわたったとき、西の空にきれいな夕焼けが広がり、雲の間を抜けた光の筒《つつ》が何本も地上に射した。

六

翌日。

志摩鳥羽藩上屋敷――。

庭に面した広縁には当主の稲垣摂津守長以が着座しており、脇にいる小姓が大きな団扇を使って風を送っていた。そばには稲垣家の用人をはじめとした江戸家老らが控え、午後からはじまった試合を食い入るように見ていた。

関川多一郎は勝ち残っていた。その多一郎の頭にあるのは、年五石、三十俵二人扶持――である。

勝ち抜けば、撃剣指南役として、その俸給を手にすることができる。

（なんとしても勝たねば）

気持ちを奮い立たせる多一郎は、目の前で行われている試合を凝視していた。

つぎはこの試合の勝者と立ち合うことになっている。つまり、多一郎は周囲の予想を裏切って勝ちつづけたのだ。

そして、最後の最後までやってきた。いまや、誰もが多一郎の剣の腕に一目置いていた。しかし、目の前の二人もかなりの手練れである。

どちらが勝つにしても、多一郎はその癖や弱点を見出すことに腐心していた。その観察眼は比類なき光を帯びている。

カーン！

両者の木刀が撃ち合わさって、甲高《かんだか》い音が真っ青な空に広がった。

昨日の通り雨のせいで庭は湿っていたが、朝から照りつづけている日は地肌を焼き、すっかり乾いていた。

戦っているのは、巽仙次郎と牛島五郎兵衛《うしじまごろべえ》という浪人だった。両者ともに仕えていた主君から、お家の事情によって放逐されていたのだった。多一郎も同じである。

巽は直心影流《じきしんかげりゅう》の免許持ち、牛島は無外流《むがいりゅう》の免許持ちだった。

両者一歩も引かぬ戦いで、小半刻(三十分)も勝負がつかぬままだった。

巽は六尺はあろうかという偉丈夫《いじょうふ》である。牛島は背は低いが、がっちりした体だった。

長期戦となっており、ともに汗だくで呼吸も乱れていた。控えの席で待つ多一郎にも、二人の荒い呼吸が聞こえている。

庭は蟬時雨に包まれているが、試合を見守る周囲の者たちにはそんな蟬の声など聞こえていないようだった。

それは多一郎然《しか》りで、つぎに巽がどう撃って出るか、牛島がどう受けて返し技を使うかと身を乗り出して見ていた。

巽は攻撃的で、牛島は防御にまわることが多い。つぎも巽が先に仕掛けると、多一郎は読んでいた。

二人の間合いが徐々に詰まる。巽が摺り足から送り足でさらに間を詰めた。警戒する牛島が剣尖を下げて上段から中段に移した。

巽は中段に木刀を持ったまま右にまわる。互いに探り合いながら撃ち込む隙を狙っている。見物している多一郎の拳《こぶし》に、思わず力が入る。

呼吸の乱れは牛島のほうが激しい。巽にも疲れは見えるが、牛島ほどではない。しかし、疲れを見せないようにしているだけかもしれない。

右にまわり込んでいた巽が動いた。突きを送り込み、即座に引いて牛島の脳天を目がけて撃ち込んだのだ。

カーン！

牛島が紙一重のところで、巽の木刀を撥ね返した。同時に、鳩尾を狙って突きを送った。

（決まったか）

多一郎は思わず拳をにぎったが、巽は牛島の突きを払い落とすなり、逆袈裟に木刀を振りあげていた。

「あッ……」

短い声は牛島が漏らしたのだった。

巽の木刀が牛島の顎をとらえていたのだ。もちろん寸止めである。いかに疲れているといえども、そこで止められる技量に多一郎は目をみはった。

検分役の声が響いたのはすぐだ。

「それまでッ！」

検分役は巽仙次郎に手をあげて、勝ちを認めた。

(やはり巽であったか。つぎはやつか……)

多一郎は自席に下がる巽を注視した。汗だくになった体を拭きながら、一心に呼吸を整えている。色白の頬は赤くなっているが、切れ長の目は涼しいままだ。

検分役が摂津守のそばへ行って跪《ひざまず》き、短いやり取りをして、庭の中央に出てきた。

「巽仙次郎、しばし休息を与える。誰か水を持て」

検分役の言葉に、巽がほっとするのがわかった。すぐに水が運ばれ、巽はゴクゴクと喉を鳴らして飲んだ。

負けた牛島五郎兵衛は、乱れた着衣《ちゃくい》を整えると摂津守に一礼し、うなだれて庭を出て行った。

多一郎はその後ろ姿を眺めて、

(負ければ、おれもあのように去るしかないのか)

と唇を嚙み、なんとしてでも勝ってやると自分にいい聞かせた。

最後の二人まで残ったのだ。ここまで来て勝ちを譲ることはできぬ。譲れない。

多一郎は目をつむって、娘お蛍の顔を脳裏に浮かべた。

（お蛍、待っておれ。父はきっと勝ち残り、おまえを幸せにする）

多一郎は気を静め平常心を保つために、しばらく瞑想《めいそう》した。

先ほどまで耳に届いていなかった蟬の声が聞こえる。近くの欅の幹でけたたましく鳴いている。庭を吹きわたる風が、築山の木々を揺らす音も感じることができた。

「巽仙次郎、そろそろよいか」

検分役の声で多一郎はカッと目を開けた。

「いつでも」

巽が返答をした。

「では、これで勝負を決する。勝った者が当家の撃剣師範となる。心して臨《のぞ》んでもらう。関川多一郎、前へ」

呼ばれた多一郎は短く返事をし、立ちあがって庭の中央に進み出た。少し遅れて巽仙次郎が目の前に立った。

両者が作法どおりの礼をして立ちあがると、

「はじめッ！」

と、検分役が告げた。

「きぇーい！」

多一郎は中段に構えるなり気合いを発したが、なぜかその声はかすれていた。

「おう、おーッ！」

巽が呼応した。同じく中段である。

多一郎はゆっくり前に出た。

巽は疲れている。おそらく勝負を急ぐだろう。先に撃って出てくるな。多一郎はそう読んだ。

負けられない戦いなので、多一郎は考える。試合を長引かせれば、疲れの残っている巽は不利だ。それを狙うか。間合いを詰めながら作戦を考える。

間合い二間半になった。

巽はすでに呼吸を整えていた。切れ長の目にも落ち着きがある。

多一郎は少し揺さぶりをかけようと、左にゆっくりまわった。巽は先に撃って出てくる。これまでもそうだった。先制の攻撃を仕掛け、相手の虚をつく。隙ができたところで決め技を撃ってくる。

多一郎が左にまわるのも、巽の右脇が空きやすいからだ。そこに隙が見いだせるはずだった。

巽がすすっと追い込む動きをした。つづいて右足を送り込んできた。

（来る）

と、多一郎が思った瞬間、巽の剣尖が伸びてきた。動きを制する突きだ。

カーン！

多一郎はすり落とした。即座に胴を抜きに行く。決まらなかった。だが、すぐに巽は反撃してきた。

右面、左面、また右面、左面……。

多一郎はことごとく受けて払った。

そのたびに、カンカンカンという音が耳朶《じだ》にひびいた。

すべてを受けられた巽が、さっと下がって間合いを取った。

短い動きだったが、多一郎の胸元が乱れていた。あばら骨の浮かぶ胸が日にさらされる。巽の額に浮かんだ汗が、頬を伝って顎からしたたり落ちた。

今度は多一郎が先に間合いを詰めていった。木刀をにぎる手から、力を抜いてゆるめる。カッと目を厳しくして、巽の双眸をにらむ。六尺はある偉丈夫のため、見あげる恰好だ。

じりじりと間合いが詰まる。小鬢《こびん》が風に吹かれて乱れたとき、多一郎は撃ち込んでいった。突くと見せかけ、右脇に甘さのある巽の胴を払い斬るように木刀を振ったのだ。しかし、ほぼ同時に巽が上段から撃ち込んできた。

「あっ……」

驚愕したように目を見開いた多一郎の口から小さな声が漏れた。

七

「ご苦労様でございました」

升屋九右衛門は兼四郎から話を聞き終えて、此度の労をねぎらった。

栖岸院の座敷である。

「しかし、橘殿も機転のはたらくお人ですな。兄弟の相撃ちにしたとは、なかなか思いつくことではありません。いやいや感服いたしました」

隆観は頰に笑みを浮かべて、首を振った。肌つやのよい住職だが、耳の穴からぼそっとはみ出ている毛は相も変わらずだ。

「定次にも苦労をかけます。しかし、法禅寺のご住職は話を呑んでくださるでしょうか？」

九右衛門は隆観を見る。

「心配には及びませぬよ。徳圓はわたしの弟子です。物わかりのよい男で、徳を積むことであれば余計なことは一切口にしないはず。うまく品川の漁師らに話をするでしょう」

「和尚様がそうおっしゃるのであれば安心です。芝浜の漁師らは、うちの心遣いということでわかってくれるはずです。これで、漁師らの御霊《みたま》も少しは救われるでしょう」

「わたしも、あとでお経をあげておきます」

「では、八雲様。これは約束のものです。どうぞお納めください」

兼四郎は九右衛門の差し出す金子《きんす》を遠慮なくもらった。二十両である。あとで官兵衛と定次に分けなければならない。

「では和尚、升屋。わたしは店があるので、これで失礼つかまつる」

「そうでしたな。あまり引き止めては八雲殿に迷惑だ。升屋さん、わたしも本堂で勤行《ごんぎょう》をはじめることにいたしましょう」

「はい、よろしくお願いいたします」

九右衛門は丁寧に頭を下げる。

兼四郎は栖岸院を出ると、一度自宅に戻り、急いで楽な浴衣に着替えて店に向かった。

七つ半（午後五時）は過ぎているだろうが、まだ外はあかるかった。

店に行くと、しばらく休業と告知した貼り紙が剝がれそうになっていた。その紙を外し、店のなかに入る。

ふうと短く嘆息して、床几に座った。

（なんだかここは落ち着く）

そう思わずにはいられない。

店に入ったとたん、武士から気のいい町人に戻る瞬間である。

板場に入って、何か仕入れておこうかと考えたが、もう億劫《おっくう》である。魚も何もない。漬物樽《つけものだる》に手を突っ込む、古漬けになった胡瓜と茄子があった。

客が来たら、今夜はこれで勘弁してもらおうと考える。そのとき、表からカラコロ、カラコロという下駄音が聞こえてきた。

もうそれだけで寿々だとわかった。戸口を見ていると、案の定、寿々が嬉々《きき》とした顔で店に入ってきた。

「いらっしゃい」

「また野暮用だったのね」

「すまねえ」

「いいのいいの。いつものことだから、もう慣れっこよ」

あれ、今日はいつもとちがうなと思いつつも、

「早速、つけるかい」

と聞く。

「今夜はよすわ。それより、耳に入れたいことがあるのよ」

「なんだい？」

「お蛍ちゃんよ」

寿々の顔がほころんでいる。どうやら今日は嫌みを聞かなくてすみそうだ。

「お蛍ちゃんがどうした？」

「あの子、捨てたもんじゃないと思っていたけど――、あら、やっぱりいただこうかしら。つけなくていいから、冷やでいいわ。こう暑くちゃ、熱いのなんて飲みたくないじゃない」

寿々は、ぱっと扇子を開いて、パタパタとあおぐ。

兼四郎は板場に入って大きめのぐい吞みに酒を注いだ。その間も、寿々はしゃべりつづけた。

「知り合いに池坊《いけのぼう》のお師匠さんがいるのよ。それでお蛍ちゃんを連れて行ったら、まあお師匠さんの驚きようったらありゃしないのよ。お蛍ちゃんね、誰にも教わっていないのに、そりゃ見事な活け花をこしらえてしまったの。お師匠さんはしばらく声もなくその花を見て、今度は小鉢に活けてみなさいとおっしゃる。あ、いただきますよ」

寿々は話をいったん中断して、兼四郎から受け取った酒に口をつけ、またしゃべり出した。

「あ、おいしい。それでね、また素晴らしい活け花にしたのよ。お師匠さんはいっぺんで気に入って、このままではもったいない。お蛍ちゃんの腕を世間に広めなきゃならないといって、知っている大きな料理茶屋に早速取り次いでくれたり、そんなおべべではいけませんからといって、自分の着物を与えて着せるわ。もう大変」

「すると、お蛍ちゃんは活け花の先生にでもなるのかい?」

兼四郎は寿々のそばに腰を下ろした。

「すぐに先生というわけにはいかないでしょうけど、いくつかの料理茶屋の活け花をまかせられることになったのよ。嬉しいじゃない、ね」

寿々は満面に笑みを湛える。

「すると、それで稼げるのか？」

「あたぼうよ」

寿々は冗談っぽく柄の悪い言葉で応じた。

「へえ、そりゃあ大したもんだ。いや、それはよかった」

兼四郎も嬉しくなった。

「あの子、最初に会ったときに、どこかちがうと思っていたけど、すごい才があったのね」

寿々が心底感心顔でいったとき、戸口に人が立った。兼四郎がそちらを見ると、いましがた噂していたばかりのお蛍だった。

「大将、いたのね。ずっと待っていたのよ」

お蛍は澄んだ瞳を向けてくる。

「ああ、悪かったね。しかし、そのなんだ、ずいぶんと……」

兼四郎は言葉を切ってまじまじとお蛍を眺めた。継ぎ接ぎだらけの古着ではなく、真新しい上布の小袖を着ていたからだ。よく似合っている。帯もすっきりと夏仕立ての着物に合わせてあった。

「大将、わたしね。お花をやることになったのよ」

お蛍はそこに寿々がいるのに、まっすぐ兼四郎を見ていう。

「そうだってね。よかったじゃねえか。めでたいことだ。何か飲むかい？」

「甘い冷や水」

「あい、わかったよ。ちょいと待っていな」

兼四郎は板場に入って冷や水を作った。お蛍と寿々が話しているが、話は嚙み合っていなかった。それでも二人は楽しそうである。

「お寿々さんもいいところがあるじゃねえか」

兼四郎はそういって、冷や水をお蛍にわたした。

「あら、何もないと思っていたの？　どうせ年増の食えない女と思ってるんでしょうけど。ふんだ」

寿々は兼四郎を見て、鼻にしわを寄せて顔をしかめる。

「やはり、ここであったか」

突然の声が戸口でした。お蛍の父、多一郎だった。

「あれほど家にいろと申したのに、またこんなところへ。しょうのないやつだ」

「あら、こんなところへは、失礼じゃございませんこと」

兼四郎の代わりに寿々が苦言を呈する。

「うむ。ま、面倒をかけて相すまぬ。お蛍、帰るのだ」

「関川さん、少し休んでいかれませんか。よいことがあったのです。今日はお代はいりませんので、お飲みになりませんか。どうぞ、ご遠慮なく」

兼四郎が声をかけると、

「なんだ、よいこととは？」

と、多一郎は眼光鋭く見てくる。だが、ヨレヨレの着物のせいか、迫力に欠ける。

「お蛍ちゃんが池坊のお師匠さんにお墨付《すみつ》きをいただいたのですよ」

兼四郎の代わりに、寿々が先ほど話したことを繰り返した。

「なに、お蛍が活け花の仕事を……」

「そうなんです。冗談や嘘じゃありませんよ。ほんとうなんですから」

寿々が重ねていうと、多一郎は何か考えるように短く視線を彷徨わせてから、

「じつは、わたしにもよいことがあったのだ」

と、いった。

「なんでしょう？」

兼四郎が聞くと、多一郎は邪魔をすると告げて店に入ってきた。そのままお蛍の隣に腰を下ろす。

「鳥羽藩稲垣摂津守様のお屋敷で、撃剣指南役に取り立てられたのだ。三万石の譜代《ふだい》大名家である」

多一郎は自慢げにいった。

「へえ、そりゃあすごいではありませんか」

兼四郎が驚くと、多一郎は得意そうな顔になった。

「苦労の甲斐《かい》があった。これで貧乏ともおさらばだ。なにせ年五石、三十俵二人扶持の撃剣指南役だ。お蛍、父はでかしたぞ」

「おめでとうございます」

お蛍の代わりに寿々が祝いの言葉を述べた。兼四郎も言葉を添える。

「それはめでたい。だったらなおさらのこと、酒を召しあがってください。お代は気にしなくてよいですから」

「さようか、ま、せっかくであるからいただこうか」

兼四郎がぐい呑みに冷や酒を注ぐと、多一郎はさもうまそうに、しかも一気に飲みほした。

「いや、今日の酒は格別だ」

ぷはっと、息をする。

「しかしまた、どうやって指南役に取り立てられたんです？」

兼四郎が疑問を口にすると、多一郎はもう一杯くれぬかと所望《しょもう》する。兼四郎は一升徳利を板場から持ってきて注いでやった。

多一郎はその酒も半分ほどを一気にあけて、いやあうまい、と首を振る。

「いやいや、こう見えてもわたしは馬庭念流の免許持ちなのだ」

「へえ。それはまたすごい」

兼四郎が驚けば、

「人は見かけじゃわからないものね」

と、寿々が言葉を重ねる。

お蛍は暮れゆく表を、心ここにあらずの顔で眺めていた。

「傘張り内職で糊口《ここう》をしのいでいたが、辛抱の甲斐があった。摂津守様のお屋敷には五十人は集まったであろうか。わたしはその試合を勝ち抜いたのだ」

ぐびっと多一郎は酒をあおり、兼四郎にもう一杯だとぐい呑みを差しだす。再び酒に口をつけると、試合の詳細を話していった。三杯目の酒を飲んだとき、その顔は火照《ほて》ったように赤くなっていた。

「しかし、最後に残った巽仙次郎という浪人はなまなかではなかった。だが、わたしは勝った。巽の右脇が甘いのはわかっていた。だから突くと見せかけ、巽の胴を撃ちにいった。同時に巽も上段から撃ち込んできた。負けたと思ったが、わたしのほうが一瞬速かったのだ。紙一重の差であった。しかし、勝ちは勝ちだ。そうであろう」

「まったくそうです。いやいや、これはめでたい。お蛍ちゃん、お父上のご出世だ。お祝いをしなくちゃな」

「大将、お蛍ちゃんにもお祝いしなきゃならないのよ」

寿々がいう。

「そうだ、そりゃそうだ。よし、関川様。今夜は思い切り飲んでください。店のおごりです。遠慮はいりません。ささ、どうぞ」

兼四郎は上機嫌な多一郎に酒を注ぎ、自分も飲もうとぐい呑みを持ってきた。

それからは話が弾み、笑い声が絶えなくなった。

酒の飲めないお蛍は、表に出て生垣の朝顔をいじって暇を潰していた。

気づいたときには多一郎は酩酊《めいてい》しており、いつもの武張った態度が変わっていた。

「いや、すまぬ。今宵《こよい》はつい甘えてしまった」

「もっと甘えましょうよ、関川様ァ……」

寿々が艶っぽく体を寄せて酌《しゃく》をすると、

「いやあ、これはすまぬすまぬ。ウハハ、ウハハ……」

と、相好《そうごう》を崩して笑うのだった。

そんな様子を眺める兼四郎は、やれやれこれでいらぬ心配をしなくてよくなったと、胸を撫で下ろした。

この作品は双葉文庫のために書き下ろされました。

双葉文庫

い-40-51

浪人奉行《ろうにんぶぎよう》
九ノ巻《きゆうのかん》

2020年6月14日　第1刷発行

【著者】
稲葉稔《いなばみのる》
©Minoru Inaba 2020
【発行者】
箕浦克史
【発行所】
株式会社双葉社
〒162-8540 東京都新宿区東五軒町3番28号
［電話］03-5261-4818(営業)　03-5261-4833(編集)
www.futabasha.co.jp(双葉社の書籍・コミックが買えます)
【印刷所】
中央精版印刷株式会社
【製本所】
中央精版印刷株式会社

【フォーマット・デザイン】
日下潤一

落丁・乱丁の場合は送料双葉社負担でお取り替えいたします。「製作部」宛にお送りください。ただし、古書店で購入したものについてはお取り替えできません。［電話］03-5261-4822(製作部)

定価はカバーに表示してあります。本書のコピー、スキャン、デジタル化等の無断複製・転載は著作権法上での例外を除き禁じられています。本書を代行業者等の第三者に依頼してスキャンやデジタル化することは、たとえ個人や家庭内での利用でも著作権法違反です。

ISBN978-4-575-67005-9 C0193
Printed in Japan